ドン・キホーテの消息

樺山三英

幻戯書房

目次

騎士 V	探偵 V	騎士 IV	探偵 IV	騎士 III	探偵 III	騎士 II	探偵 II	騎士 I	探偵 I
	120		94		64		34		7
139		114		86		56		26	

装幀　緒方修一
装画　ラスコー洞窟の壁画より
（DEA / C. SAPPA/De Agostini/Getty Images）

ドン・キホーテの消息

探偵　I

　その電話がかかってきたとき、わたしはソファーでうたた寝をしていた。わずかな間に雪原を歩く夢を見た。広がっているのは、目路のかぎり続く雪景色だった。人も街も、森も山もない。純粋に真っ白な世界。そのなかを、わたしは一人で歩いている。辺りには物音ひとつない。雪はしんしんと降り続いている。頭上には鈍色の雲が低く重くたなびく。

　とめどなく降りしきる雪は、徐々にその嵩を増していく。足元を埋め尽くす雪の塊。わたしの足は痺れはじめる。身体は重く、ひと足ごとに地面に飲み込まれそうになる。いっそこのまま倒れ伏し、埋もれてしまいたい。何度もそう思った。でもそうはいかない。少しでも前に進まなければ。由来の知れない熱っぽい思いが、わたしの内部を貫いていた。

　似たような夢は、何度か見たことがある。細部こそ違え、だいたい似たような設定、同じような情景が続く。継ぎ目のない、ひと連なりの夢。たぶんなんらかの願望を反映している。わたしはいつも、ここではないどこかに行きたいと願っていた。でもどこかとは、どこのことか。欲望は具体的な宛先を欠いている。

事務所の壁にはもう何年も前から、雪原の写真が貼りつけてある。いつだったかギャラリーで買い求めたものだ。色のないその風景はよく、とりとめのない夢想にわたしを誘った。わたしはただ、なるたけ遠くに行きたかっただけかもしれない。人間の痕跡が及ばない場所まで。しかしわたしは、自分がけっして出発しないことも知っていた。

電話のベルが、すでに浅くなりかけた眠りを破った。わたしはソファーから身を起し、おもむろに受話器を手に取る。するとだしぬけに女が言った。

「お願いしたい、ことがあります」

独特にこわばった声だった。低く静かで、とらえどころがない。年齢さえ推し量れなかった。ともすると、性別の判断さえあやしくなってくる。そんな声だった。

他方わたしは、まだ半分夢のなかにいて、譫言《うわごと》のようになにか呟いた。「ミモザはマメ科の一種です」とか「デザートは別料金です」とか、そんな意味不明なことを口走ったかもしれない。なぜなら女は電話口の向こうで、じっと黙り込んでしまったからだ。

しばらくのあいだ、じっと考えを巡らせるような沈黙があった。それから再び、声が聞こえてきた。「やはり。あなたに電話して正解でした」。どこがどう正解なのか。わたしは気を取り直して訊いてみた。「わたしのことは、誰からお聞きに?」

「さる、信頼できる筋の方から。しかし、詳しくは言えません。その方に迷惑がかかるといけないので」

「なるほど。知らぬ間に、わたしもずいぶんと重要人物になったようだ。次の選挙に打って出るべき時期かもしれない」

彼女はわたしの言葉を無視した。

「明朝九時に、迎えをやります。必ずこちらに来てください。どうか」

「仕事ですね?」とわたしは訊いた。

「そう。仕事です」と女は言った。そして一方的に通話は切れた。

わずか一分にも満たない会話だった。あまり現実味がない。わたしは受話器を握りしめたまま、なにか別のことが起こるのを待った。しかしなにも起こらなかった。そのままの姿勢でいると大きな欠伸がこみあげてきた。午後のやわらかな光が、ゆっくりと部屋を満たしていった。

わたしはキッチンに行って湯を沸かし、コーヒーを淹れた。ふた口も啜ると、頭はだいぶんはっきりしてきた。わたしはひとまずこう考えた。さっきのは夢の続きで、ほんとうは電話などなかったのかもしれないと。それから次にこう考えた。あるいは電話自体はほんとうなのだが、いたずら電話だったかもしれない。あるいは単に、間違い電話だったのかもしれない。これがいちばん、妥当な解答に思えた。いずれにせよ、わたしにはかかわりあいのないことだ。

しかし、とわたしは思い直した。彼女は仕事だと言っていた、わたしの問いかけに対し、はっきりそう答えたではないかと。たしかにそれは、ありそうなことだ。わたしは探偵である。そしてここは古びた雑居ビルの二階にある探偵事務所だ。依頼の電話がかかってくるというのは自然な流れだろう。ならば事態を甘んじて受け入れ、仕事として引き受けていくのが筋というものだ。

ただ問題は、それがどんな種類の仕事かということだ。

弁護士に得意の専門分野があるように、探偵にだって専門がある。離婚訴訟を手掛ける弁護士、素行調査を請け負う探偵――すべては顧客のニーズに合わせて展開される。われわれの生きている社会は、複雑に枝分かれして、迷路のように入り組んでいる。こうした分業化の流れはもはや避けられない。そしてわたしの専門といえば、迷子のペットを探すことだ。行方不明の動物を見つけ、飼い主の元に届けてやること。それがわたしの仕事だ。

残念なことに、わたしの仕事に対する世評は、決して高いものとは言えない。組合のなかでも、一段低く見られているのが現状だ。ただでさえ探偵の小粒化、その意義の縮小が危ぶまれている時代だ。失踪人の捜索であれば、まだしも劇的展開が望めるかもしれない。社会派の文脈を踏まえる必要もある。哲学的視座も開けそうだ。あるいはそこに、情緒的な趣を添えることだって不可能ではない。が、それもすべては、相手が人間であればこその話だ。

それがよりにもよって動物！　しかも迷子のペットが専門とは！――ひそひそと陰口を言う連中は後を絶たなかったし、面と向かって批判を浴びせる同業者もいた。

しかしわたしは、この仕事が好きだった。誇りは持てないにしても、やりがいがあった。なによりわたしは、動物を追いかけるのが好きだった。行方不明のペットを探して街路をたどると、わたしは一種の放心状態に陥る。尾行・追跡のコツは、相手と自分が一体になることだ。相手が見、考えるように、自分もまた見て考えること。これは探偵術の基礎中の基礎だ。ただその対象が動物である場合、いくぶん特殊な様相を帯びることになる。

追跡の最中、わたしは一個の動物になる。ひとたび動物の視点になると、街はいつもと違って見える。それはまったく別物と言っていい。なにげない壁の隙間や路地や屋上、無人の空き地や建設現場――ふだん見落としていたそうした空間が、突如重要な意味を帯び、浮上してくるのだ。それはさながら、もう一つ別の、隠された街を見出すような感覚だった。

動物たちは街のそこここに、各々のなわばりを構え、固有のパターンを持ち棲息している。わたしはその生態を注意深く観察し、間隙を縫って進む。そしてわずかなほころびを見出す。飼い主の元を離れたペットは、街路にあっては新参者だ。行く先々でへまをやらかし、粗相をしでかす。その不行状の跡をたどって、追いかける。丹念にたどっていけば、必ずその足取りはつかめる。わたしはその手ごたえが好きだ。

わたしはハンターになるべきだったのかもしれない。ときどきはそう思う。我を忘れて獲物を追うとき、最高度に幸せになれるのだから。色のない雪原を見て、改めてそう考える。最果ての地で獣を狩り、その皮を剝ぎ肉を食らい、内臓と血を啜るだけの毎日――。そう少しでも早く、わたしは街から出ていくべきなのだ。遠くに赴きたいのであれば。だがとりあえず、明日の九時までは待つことにしよう。迎えとやらが、はたして来るのか。それを見定めてからでも遅くはないはずだ。

翌朝、わたしはいつになく早く目を覚ました。窓の外はまだ暗かった。

二度寝をしようと試みたが、目が冴えてうまく眠れなかった。しかたなく起きてコーヒーを飲み、トーストを食べ、洗い物を済ませてからシャワーを浴びた。入念に髪を洗って、髭を剃った。バスルームを出ると下着を着け、ワイシャツを着てネクタイを締めた。ネクタイをしたのは久しぶりだった。いつ以来だろうと考えてみたが、思い出せなかった。そしてクローゼットの奥から、グレーのスーツを引っぱり出して着た。

姿見に映してみると悪くはなかった。ほどほどに有能な会計士。たぶんそれくらいの役どころ。バランスシートの帳尻が合えば、世界は順当に回っていくはず。そう信じて疑わぬ人種だ。少なくとも、路地裏を這いずり回って、犬猫を探す人間には見えない。悪くない。まったくもって悪くない。もっともそんな装いが、なんの役に立つのかはわからなかったが。すっかり出かける準備はできたが、ほんとうに出かけるのかどうかはわからないのだ。

ポストを見ると、新聞が届いていたのでソファーに腰掛けて読んだ。増税があり、選挙があり、事故があり、収賄があった。失言があり、暴動があり、訴訟があり、災害があった。すみずみまで丹念に読んだが、とくに興味をひく記事はなかった。もちろんそれは、新聞のせいではない。ましてや世の中のせいでもなかった。わたしの興味および活動の範囲が、きわめて限定された地点にしか及ばないせいだ。

いや。もしもわたしがすぐれた探偵であれば、一見ありふれた記事の背後に、秘密の秩序を見出して言うのかもしれない。ワトソンくん見給え、ここにおもしろい記事が載っているよ、と。ささやかな啓示を求めて二度目の精読に取りかかったときだ。重い足取りが階段を上ってくる音が聞こえた。ほどなく玄関のベルが鳴った。時計を見ると、九時ちょうどだった。どうやら時間には正確な相手のようだ。

「お迎えにまいりました」と低い声が言った。男はおそろしいほど背が高かった。扉を開けても、すぐには頭部が見えなかった。天井から吊り下げられている非常灯の脇に、俯《うつむ》いた表情が見えた。背が高いだけではなく、体格も立派だった。きちんとした黒のスーツを纏《まと》っていたから、正確にはわからない。だが服の上からでも、相当な筋肉の膨らみが見て取れた。首の太さなんて、女性の腰回りほどありそうだった。

わたしはほとんど圧倒されて、うながされるままに事務所を出た。すると表には、これまた巨大なストレッチリムジンが停まっていた。車体はボンネットからトランクまですべてまっさらな白で、一片の染みも汚れも見当たらなかった。朝の路上に横たわるそれは、砂浜に打ち上げられた鯨を思わせた。

男はすみやかにドアを開け、わたしが座席に着くのを見届けてから、静かに閉めた。そして巨体に似合わぬ速度で身を翻《ひるがえ》し、運転席に乗り込んだ。すべてがあまりになめらかに、自然な動作でなされていたから、口を差し挟む余地がなかった。

気がついたとき、車はもう動きはじめていた。窓の外を、景色がゆるやかに流れていった。思えばこれが、誘拐劇の一幕であっても不思議はなかった。だがもし仮にそうだとしても、わたしは不平を言わなかっただろう。手際のよい職人仕事に、水を差すような野暮を嫌って。

「三十分ほどで着きます」運転手がやはり低い声で言った。「なにかお飲物でも?」

「いや、大丈夫」とわたしは答えた。

車は滑るように進んだ。車体の揺れはおどろくほど少なく、ほとんど動いていないかのようだ。しばらく走ったところで間仕切りが上がり、座席と運転席が分断された。そうしてわたしは、暫定的な密室に閉じ込められた。

もっともそれは、ずいぶん優雅な密室だった。後部座席はそれだけで、小ぢんまりしたリヴィングほどの広さがあった。天鵞絨《ビロード》張りの室内は温かく、カーペットは柔らかかった。聞き取れぬほどの小さな音で、音楽が流れていた。どこかで聞いたような旋律だったが、曲名が思い出せない。それはあまりにも遠い記憶に結びついているような気がした。もしかしたら、わたしが生まれるよりも前の時間に。

それからわたしは、魚の腹のなかで生きる男のことを思い出した。

神の言いつけに叛《そむ》いたヨナは、海を漂い、巨大な魚に飲みこまれてしまう。そしてその腹のなかで、三日三晩を過ごすことになる。生かすも殺すも、すべては神の思惑次第というわけだ。内臓の牢獄に閉じ込められた孤独。だがそれは同時に、奇妙なやすらぎに満ちた光景ではなかったか。暗闇のなかに蹲《うずくま》る男。自分自身と現実の間を、分厚い脂肪の壁で隔てられて。

そう。この《腹》というのは、どこか母胎を思わせもする。事実、ヨナはこの試練を経て《生まれ変わった》のではなかっただろうか。だがヨナはそれからどうなったのだろう。思い出せない。しばらく記憶を探ってみたが無駄だった。

気がついたとき、車はもう停まっていた。動きはじめたときと同じように、いつの間にか。間仕切りが下がり、運転手が到着を告げた。ドアが開いて、陽射しが直に差し込んできた。眩しかった。

わたしはそそくさと車を降りて、涙に滲んだ目で周囲を見渡した。目の前には、青いガラス張りの巨大なビルディングがあった。午前早くの陽射しを反射し、まばゆくきらきら輝いている。足元から見上げるかたちで、天辺まで見渡すことはできなかったけれど。

わたしはしばらくその場に立ち尽くしていた。

「よろしいですか？」と背後から運転手が言った。「上で主人が待っております」

最上階のさらにその上、屋上に設えられたペントハウスだった。テニスコートふたつ分ほどの広さがある。天井はやけに高くて、壁面はほぼガラスから成る。惜しみなく降り注ぐ陽が、フロアすべてを輝かせていた。窓辺には、鉢植えたちが所狭しと並び、ふんだんな陽射しを浴びて繁茂している。その様子だけ見ていると、温室のなかに迷い込んだような気分になった。

それに比べると、人の空間はそっけない。中央にマホガニー材の大きな円卓。それを取り囲む椅子が十三脚。たったそれだけ。そして円卓の向かい側には、依頼人がいる。どうしてか、ひと目見ただけでわかった。彼女こそ、わたしの依頼人に違いないのだと。

年はまだ若い。せいぜい二十代後半といったところか。頬にまだ少し幼さが残っている。小柄で、少しふっくらした体つき。白いブラウスに紺色のスカート。灰色の上着の襟に、銀のブローチが光った。髪は黒々として、まっすぐで短い。白い肌と、際立った対照を成す。化粧気はほとんどなく、ルージュもごく控えめなものだった。そのせいか、目元の印象ばかり強く刻まれた。鋭い二重瞼の奥から、冷ややかで澄んだ瞳がこちらを見ていた。ただ両方の目の焦点が、少しだけぶれている。斜視というほどではない。けれど各々の目が、違う意志を宿しているような、そんな不思議な感覚があった。

わたしたちは、しばらく互いに見つめ合っていた。再会した恋人たちがそうするように。不可解な沈黙が周囲を包んだ。スローモーションで時は流れた。

彼女はわたしを値踏みしているのかもしれなかった。ただその視線は、離散的でまとまりを欠いていた。くわしく観察するというのではなかったし、心を見透かすというのでもなかった。ただ単に、わたしという物体の表面を見ていた。

ずいぶんたってからようやく、彼女はゆっくり口を開いた。

「わたしはこれから、あなたに対し、できるだけ率直に語ろうと考えています。そのためあなたには、約束をしてもらわなければなりません。秘密を守るという約束を」電話で聞いたときと同じ、とらえどころのない声だった。すぐ近くなのに、ずいぶん遠くから話しかけられているような気がする。

「それはもちろん」とわたしは答えた。「守秘義務は、われわれの職業倫理の根本です。ご安心いただければと思います」

「ですが、ひとことに秘密と言っても、そこにはいくつかの形態があります。たとえば、こうです。王様の耳がロバの耳であっても、それはあくまで王の私的秘密事項に過ぎません。床屋がここでそれを叫ぼうと、われわれが関知することではない。しかしもし、王様が服を着ておらず、裸だったとしたらどうか。話はぜんぜん違ってきます。それはつまり、公然の秘密なわけです。誰もがそれを知っていながら、指摘することを避けてきた秘密。それを媒介にすることで、世界が成り立っているような、そんな秘密です。この場合、秘密は王個人に属するのではなく、王を取り巻く家臣や国民、ひいては国家全体に属しています。つまり秘密を知ることは同時に、それに加担することを意味している」

「つまりあなたは」とわたしは応じた。「わたしにも、同様の加担を求めているわけですね。単に知りえた事柄を話さない、といった消極的な態度ではなく――」

「そうですね。ありていに言えば、そういうことです」

「仕事とあらば、それもやぶさかではありません。しかし詳しくお話をうかがう前に、解決しなければならない問題があります」

「問題が、なにか?」

「ええ。そもそもの出発点が問題なのです。つまりわたしの仕事の専門性という点が。もし誤解があって、それが解かれぬまま話が進むと、お互いに引き返すことができなくなってしまいます。そうした事態は避けたいと思います」

「あなたのプロフェッションのことを言っているのであれば、それはまったく問題ありません。あなたはペット探しを専門に請け負う探偵業者です。そうです。そのことはよく承知しています。わたしたちは無駄を嫌います。だから事前に、あなたについても、さまざまな調査を行っています。たいていのことは知っていますよ」

「たいていのこと、ですか?」

「年齢は三十六歳。血液型はAB型。星座はやぎ座。身長は一八五センチ。学生時代は、ボクシングをやっていた。そのときの怪我で、右耳の付け根に傷跡が残っている。二十七歳のとき結婚。四年後に死別。子供はいない。いまは、事務所を兼ねたビルの一室に一人暮らし。現在、特定の女性関係はなし。ときどき金を払って女と寝ている。煙草は吸わない。アルコールは、ウィスキーを週に二、三本空けるほどの量。夕方から飲み始め、明け方まで深酒することもある。食事はたいてい近所のレストランで済ます。自炊はしない。趣味はとくにない。日課はジョギング。休日は、映画を見るか、ジムのプールに行って黙々と泳ぐ――」

「なるほど。わかりました。もう十分だ。十分です。たいしたものだ。でもそれだけの調査力があるなら、わたしなど雇わなくても、問題を解決できるのではないですか」

「そうできるのなら、とっくにそうしているところです。でも事態は、そう簡単には動かない。われわれとしても、打つ手を失くしている、というのが現状なのです。ここはひとつ、あなたの探偵としての特殊性に賭けてみるしかない。そうした思いから今日、あなたに来てもらったわけです」

「わかりました。こうやって話していても、埒《らち》が明きませんね。そろそろ本題に入るとしましょう。いったいどういったご依頼なのでしょうか?」

そこでまた彼女はじっと口をつぐんで、静かにこちらの様子をうかがう。ほころびかけていた蕾が、再び身を縮めてしまったかのように。周囲の温度が急に下がった気がして、わたしは思わず身震いをした。しかしそれは錯覚だった。陽射しはやさしくわたしたちを包んだままだった。

わたしは辛抱強く待った。やがて彼女は、再び喋りはじめた。

「人を、探してもらいたいのです。もちろんこれが、あなたの専門から外れる仕事であることは承知しています。しかし目下の状況を考えると、わたしたちは違った方途を取らざるをえない」

「ちょっと待ってください」わたしは遮って言った。「そちらの都合で勝手に話を進められても困ります。わたしには人探しなんてできませんよ」

「いいえ。これは通常の人探しではありません。あなたに探してもらいたいのは、人以上のものかもしれず、人以下のものかもしれない」

「よく意味がわかりませんが――」

「叔父が姿を消してから、もう三か月になります。その間、わたしたちも八方手を尽くしてきたのです。それなのに、一向に成果が出ません。どうしてでしょうか。さきほどあなたが指摘されたように、われわれの調査部もけっして無能ではありません。それが、行方不明の老人を一人、見つけることができないというのは、いったいどういうことなのか」

どう応えていいかわからなかったので、わたしは黙っていた。彼女は軽く咳払いをしてから続けた。

「以下、話すことは、くれぐれも他言無用に願います。――叔父は現在、重度の脳腫瘍を患っています。もはや余命幾ばくもない状況なのです。むしろ生きているのが不思議と言ってもいい。施設の職員によると、記憶喪失に幻聴、幻覚、失見当識といった症状にも見舞われていたようです。そんななか、起こったのが今回の失踪騒ぎです。叔父は忽然と姿を消しました。煙のように。その後の足取りは杳《よう》として知れない。通常では考えられないことです。そんな状態の老人が一人、追跡を逃れ、さまよっているなどということは。しかし認めざるを得ません。これが、わたしたちの置かれた現状なのです。手がかりもつかめないまま、いたずらに時だけが経過しています。そこでわたしたちは、もう少し違ったアプローチを試みることにしました。そのために選ばれたのが、つまりはあなただったわけです」

「繰り返しますが、勝手に話を進めないでいただきたい。われわれの認識は、どうも根底からずれ違っているようだ。わたしは動物が専門の探偵です。そのわたしに失踪人の捜索を頼むというのは、重病人の手術を獣医に託すことに等しい。あなたが言っているのは、そういうことですよ」

「動物と人間の違いは、それほど本質的なものではないかもしれません。とくに群れに紛れた一人を見つけようとする場合には。エドガー・ポーの作品に、ありませんでしたか。探偵が見出した犯人だじつはチンパンジーだった、というお話が」

「チンパンジーではありません」と、わたしは訂正した。「オランウータンです。——あれは史上初の推理小説と言っていい作品です。複数の証人が、類人猿の声を外国語だと聞き違えていた。そこに解決のポイントがあった」

「なるほど。つまり探偵の知恵は、その起源において、人と動物の境界線上にあったと。そういうことになりませんか」

「たしかに。そう表現するならばそうかもしれません。探偵的な知のありようは、都市の誕生とともに生まれたといいます。孤立した個が寄り集い、暮らしているのが都市という場所です。そこでは誰もが互いに他人で、希薄な関係を生きざるを得ない。そうした状況下で犯罪が起こる。容疑者は無数だ。なぜなら都市では、人びとは圧倒的に匿名で顔を持たず、置き換え可能な単位に過ぎない。いったい誰が、どんな動機でこんな事件を？　この問いに答えを出すべく、登場するのが探偵なのです」

「そしてその方法は、通常の意味での人間性を括弧に入れることから始まる」

「そうですね、まあ。探偵は顔のない群衆のなかから、特定の犯人像を、その相貌を浮上させなければなりません。無限に近い可能性を吟味し、不可能な選択肢を一つずつ除外していく。そのためには人間を数量的・統計的に把握すること、早い話が群れとして扱うことが必要になってきます。人と動物の境界はたしかに、いったんは取り払われるべきです」

「やはり、あなたに来てもらったのは正解でした。わたしたちが求めているのも、まさにそうした視点なのです」

「しかしわれわれはいま、文学や社会学の話をしているのではありません。現実の話をしているのです。この件にかんして、わたしが関与する余地があるようには思えない」

「あなたはただ、無心に調査をしてくれればいいのです。いままでのような方法ではなく、別な視角からこの事件をとらえなおすこと。それがわたしたちの目的ですから。その成果をどう用いるか。それはこちらの問題です。あなたが気を揉む問題ではない。なおも現実的な話がお好みというなら、こういうものもあります」

　そう言うと、彼女は円卓の引戸から小切手を取り出し、慣れた手つきでペンを走らせた。一枚を切り離して、わたしに手渡す。記された金額は、事務所の年商に匹敵していた。わたしは狼狽を表に出さぬよう苦労した。

「とりあえず、当座に必要な費用として渡しておきます。不足ならば言ってください。成功報酬は、これの倍額を支払う、ということでどうでしょうか。悪い話ではないはずですね。事務所の賃料もだいぶ滞っているようですから」

だいぶん躊躇《ためら》った末に、わたしは小切手をポケットに収めた。顔が火照ってくるのがわかった。しかし背に腹は代えられなかった。金は天下の回りものというが、自分の手元にやってくる機会は、そうめったにあるものではない。

「報告は、まめに入れてください」と彼女は言った。「わたしから、話すことは以上です。なにか、質問はありますか?」

訊くべきことは山ほどあったが、どこからどう尋ねればいいのかわからなかった。だからわたしは立ち尽くしていた。すると彼女は、不意に距離を詰めて、わたしの目の前までやってきた。強い花の香りがした。

「叔父は、人間が嫌いでした」わたしの目をじっと見据えて彼女は言った。「彼の人生は大半、富を蓄え、さらに増やすことに費やされました。が、それは強欲だったからではありません。そうする他に、この世界と向き合う方法を知らなかったからです。叔父は人の暖かみを知らず、魂の深みを知りませんでした。その代わり、資本と投機の遊戯のなかに、仲買と空売りの王国のなかに、自らの居場所を見出したのです。ある意味で、叔父は不在の人間でした。そこに居ながら、居ない人間。一種の透明人間なのでした。より正確に言うなら、彼は人間が嫌いだったのではありません。興味がなかっただけです。必要としていなかったのです。信頼や友情、愛を感じる相手を求めず、大勢のなかにいても、いつも一人でした。わたしはそのことをよく知っています。表現の仕方はまるで違いますが、あなたからも、同じ匂いを感じます。あなたもまた、他人を必要としていない。だから動物を追うことに、血道をあげているのではないのですか。そんなところは、叔父によく似ています。きっとよい成果が得られることでしょう。期待しています――」

エレベーターを降りると、運転手は来たときと同じ姿勢で待っていた。まさかずっと待っていたのだろうか。しかしわたしの頭脳はすっかり麻痺していて、余計なことを考える余裕がなかった。無言のまま、例の化物じみたリムジンに乗ると、そのまま後部座席に身を投げ出した。

車は来たときと同様、ごくスムーズに走り出した。街路の景色が戻ってくると、ほっとしたのか急に眠気がやってきた。わたしはうつらうつらしながら、鯨に飲まれたヨナは、それからどうなったのだろうと、また考え出した。

いつしかわたしは眠っていた。そして夢のなかで、憐れなヨナになっていた。

魚の腹で三日三晩を過ごした後、ようやく吐き出されたわたしは、すっかり憔悴しきっていた。もはや神の言いつけに叛くだけの気力は残されていない。だから指示通り、ニネヴェに向かった。人びとに悔悛を勧めるために。

わたしはほとんど死ぬつもりだった。ニネヴェは敵国の町だ。そこで神への恭順を説くなど、命知らずにも程がある。しかしわたしが、神の怒りのほどを語ると、彼らはあっさりそれを受け入れ、頭を垂れて悔い改めるのだった。それを見て、神はニネヴェを滅ぼすのをやめた。

わたしは複雑な思いを抱いていた。なるほどわたしは命拾いをした。しかしニネヴェの人びとが、こんなにも簡単に心を翻すのであれば、そもそも自分が赴く必要などなかったのではないか。神の処遇に納得がいかなかったわたしは、庵を編んで、ニネヴェがこれからどうなるのか見守ろうと思った。すると庵のそばに、トウゴマの樹が生えて日陰ができた。わたしはこれを見て喜んだ。だがすぐに神が虫を送り、樹を枯らせてしまった。わたしは怒って神に訴えた。すると神は答えて言った。おまえがトウゴマ一本を惜しんだように、わたしはニネヴェの民の命を惜しんだのだ、と。

だがそれはどうだろう。わたしは釈然としない思いを抱え、神への反論を試みるのだったが、うまく言葉が出てこない。わたしはいつでもそうだった。なにか肝心なことを言おうとすると、言葉がひとつも浮かんでこない。頭が真っ白になってしまう。そうして結局、誰かの言いなりになってしまうのだ。

背中にゆるやかな振動を感じた。車はひたむきに、わたしを運んでいるようだった。

騎士 I

老人が一人、山道を降ってくる。粗末な寝間着を身に纏い、というかそれ以外になにも身に着けてはおらず、腕や腹には、木の枝でできた、真新しい擦り傷が目立つ。足も裸足で、傷だらけのうえに泥だらけだった。ふらふらと危なっかしい足取りで、暗い藪のなかを進む。青ざめた顔は虚ろで、しかししきりに左右に目をやり周囲を気にしている様子。口元からは、絶えずつぶやきが漏れる。手はなにかを払うような仕種を執拗に続けている。

老人はようやく舗装された道路の真ん中に出る。周囲はまるで海の底のよう。しんしんとして寂しくて冷たくて重苦しい。しかし老人の頬はたしかに風を感じていたし、呼吸もまったく苦しくはない。だからそこが海の底でないことはたしかで、しかも屋外であることも確実だった。頭上には星は見えない。だが厚ぼったい雲が、空を覆っているのがわかる。道路がどこから来てどこに行くのかは、皆目見当がつかなかった。ずうっと先の方に、ぼうっと光る明かりがあって、老人はとりあえずそこを目指して進む。

わしはここがどこかを知らない。老人はそう思う。自分が誰かもあやふやなのに、そんなことまで知るわけがないと。だがどういうわけか怖くはなかった。むしろこれこそうってつけの場面、わしにふさわしい舞台ではないのか。そんな気分がむくむくと湧きおこってきて胸を鼓舞する。なぜならわしはいつでもこうして、いずことも知れない場所で、あてどない遍歴を続けてきたのではないか？

するとと老人の脳裏に、姪の怒った顔が浮かんだ。ふくれっ面を向けて、姪は彼に向けこのように言う。「いったいどうなさったというのです、叔父さま。せっかくわたしたちが、今度こそ叔父さまは家のなかに引っこんで、静かでまじめな生活をなさると思っていましたのに、また新しい八幡の藪知らずに入り込もうとなさるのですか？」

「おお、そうだともかわいい姪よ」老人は叫んだ。「わしは三度にわたる遍歴を成した。たぐいまれな冒険をし、数限りない危機を乗り越えてきた。銀月の騎士との闘いに敗れ、ついに帰郷を余儀なくされたときも、たしかにいささかくたびれてはいたが、希望を失ってなどいなかった。わしは故郷の村で、羊飼いになろうと決めていたのだ――」

老人は歩きながら、歌うように言う。

「ああ麗しき、アルカディア。わしは牧人キホーティスを名乗り、従者を牧人パンシーノと呼び、山や森や草原をさ迷うだろう。清らかな泉や小川の、水晶のような水を飲むだろう。樫は果実を、柳は木陰を、薔薇は香りを与えてくれよう。澄んだきれいな空気は呼吸を、月や星々は光をくれよう。わしは夏の日照りを凌ぎ、冬の厳しい風雪にも耐え、獣たちの牙も恐れず、陽気に笑って歌を歌おう。そうすれば、このわしの名は今の世ばかりか、来るべき世紀にも聞こえ、有名となり不朽となろう」

老人は不意に立ち止まり、うなだれて声を絞り出す。

「しかしその夢はついに果たされることはなかった。故郷に着くなり、わしは病魔に侵されたのだ。執拗な熱に苛まれ、床から離れることができない。枕元には司祭に床屋、得業士というお馴染みの連中。わらわら集まり、がやがや喋る。むろん忠実なる、わが従者もまたやってきた。みなこぞって、病床のわしを元気づけようと、いろいろな話をしてくれた。連中は、わしの羊飼いとしての仕事のために、牧歌を作ってくれたという。羊の番をさせるため、二頭の犬まで買ったという。

だがしかし、わしの気持ちは晴れなかったよ。わしの心は深い憂鬱と哀しみのなかに沈んでいた。どうしてそんなふうになってしまったのか。自分でもわからない。ただひたすらに心が重く、身体は鉛を飲み込んだように怠《だる》かった。寝返りをうつのも億劫に感じていた。医者もどうやら匙を投げたようだった。魂の冥福を祈るようにと、そう言い残して立ち去った。わしはみんなに、一人にしてくれるよう頼んだ。少し眠りたいだけだからと言って。

その後だった。あの瞬間が訪れたのは。寝室に一人横たわるわしの元に、ひとつの啓示が訪れた。いや、いまにして思えば、あれは悪魔の声だったかもしれぬ。しかしわしは信じたのだった。つまりすべては思い違いだったと。そう。わしは遍歴の騎士ドン・キホーテ・デ・ラ・マンチャではなかった。善良なる郷士アロンソ・キハーノであった。わしは長い病の果てに、とうとう正気に戻ることができたのだと。そう信じたのだった。

自分の愚かな思い込みのために、多くの人びとに迷惑をかけた。そう思い、わしは我が身を深く深く恥じた。わしはすぐさまみなを呼び寄せ、自分がついに迷妄から覚め、理性を取り戻したことを伝えた。これまでの戯言を取り消し、いまはもう静かに最期の時を迎えようとしているのだと言って。

わしの言葉に、みな驚いている様子だった。お互いの顔を見合わせ、わしの言うことを信じていいものかどうか、まだ迷っているふうで。そこでわしはさらに、実に立派な、いかにもキリスト教徒らしい、整然としたたくさんの言葉をつけ加えた。それでようやく疑いは晴れ、みながわしの正気を信じた。

それからわしは、司祭に懺悔を聞いてもらった。公証人を呼び、遺言状を作った。最後までわしの面倒を見てくれた姪、家政婦、そして従者に、わしの財産を譲り渡す旨を述べると、みんなの目から、涙がとめどなくあふれて流れ、胸からはひっきりなしにため息が漏れた。遺言を終えたとたん、わしはほっとして意識を失った。

それから三日間、わしはなお生きていたが、しばしば失神にとらわれた。わしはその死の床のなかで、自分を狂わせた騎士道物語を呪い続けていた。ああいった書物さえなければ、まともな人生を生きられたはずだと。

そしてとうとう、最期の瞬間がやってきた。わしはその場に居合わせた人びとの悲しみと涙のなかで、ついにわが魂を手離した。公証人がみなに、わしほど悠然と、床の上で大往生を遂げた人物は、いかなる騎士道物語にもいなかっただろうと述べた――」

老人は怪訝な面持ちで空を見上げる。

「だがそれはどうだろう。どうだったのかと、いまにして思う。わしは死してなお、こうして歩き、考え、語り続けている。ではわしは誰か？　してみると、わしはまだ死んでなどおらず、つまるところまたすべてが間違いだったのではあるまいか。

なるほどわしは、遍歴の騎士ではなかったかもしれぬ。しかしアロンソ・キハーノでもなかった。なぜならキハーノはもう、死んだのだから。柩《ひつぎ》が下ろされ、土がかぶせられ、祈りの言葉が唱えられた。葬儀にはたくさんの人びとがつめかけたそうだ。そう、きっとそうだ。なるほど、おだやかな性状で人づきあいがよく、それゆえ多くの人に愛された「善人」にふさわしいことであった。

そうしてキハーノは葬られ、墓が立てられた。立派な墓碑銘まで刻まれた。だがそれらすべての出来事を経て、なおわしは残る。残っている。いまここにある、わし。ではいったい、わしとは誰か？　わしが生きていることは、まず間違いのないことに思えるのだが。どうか？」

半端な思いを抱えつつ、老人はまた歩き出す。暗闇のなかをてくてく歩く。もうどれくらい歩いているのか、さっぱりわからなくなってきている。どのみちあの臨終の日は、ずいぶん遠い昔のことではないか。そう。きっとそうだ。時は過ぎゆく。すべては移ろう。かつての面影など微塵も残さず。変わらぬものがあるとすればそう、わしがわしであること。それくらいではないのか——

そう思い、老人がふと顔を上げると、道の向こうからなにかがやって来るのが見えた。丸みをおびた物体だった。遠目には豚か猪、とにかく畜生の類に見えた。だが近づいてくると、人の姿に見えなくもない。おまけにどうやら、言葉らしきものまで発する。「旦那さま、旦那さま」という。そして旦那さまというのは、どうやら老人のことらしい。

逃げるべきか立ち向かうべきか。老人が考えをまとめきらぬうちに、男は彼の目の前まできた。やはりよく肥えた人間のようだ。舌を出し、はうはうと息をしながら、苦しそうに言う。

「旦那さま、旦那さま。どこに行っておられたのですか、ああ、もう。あちこちと探しましたが。ちょっと目を離しただけでこうなのだから。油断も隙もあったものじゃない。心配をかけないでくださいまし」

やはり自分のことを知っているらしい。だがいったいどこの誰なのか。老人は直截に尋ねた。

「ああ、旦那さま。おいらをお忘れ？　お忘れですかい？　情けない。あれほど必死にお仕えしていたというのに。あっさりお忘れなさるのですか。なるほど、すっかり耄碌《もうろく》しちまったようですが。涙が出やすすや。おいらですよ、ほら。旦那さまの忠実なしもべ、従者のサンチョ・パンサですが！」

「気味の悪い話をするな」と老人は言った。「おまえがわしのしもべだと言うのか。そしてサンチョ・パンサだと言うのか。だが、おまえがサンチョだとすれば、わしはかのドン・キホーテということになる。それで間違いはないか？」

「なにを言っておいでですが。あなたさまをおいて、他に誰がドン・キホーテであるもんですか！」

「しかしわしは記憶している。かの遍歴の騎士は死んだのではないか？　善人アロンソ・キハーノと共に。お前もあの死の床に、そして枕元についていたのではなかったか。あるいは葬儀にも列席していたのではなかったか」

「ああ、冗談はよしてください、旦那さま。あの男が死んだのは事実ですが。しかしあれはただのキハーノであって、あなたさまはドン・キホーテその人であらせられる。そして現に、旦那さまは生きていなさる。これよりたしかな証拠がどこにありますか」

「うむ。たしかにわしも、似たようなことを考えてはいた――。しかしどうも釈然とせぬな。キハーノの死とともに、ドン・キホーテの物語は幕を閉じたのではなかったか？」

「旦那さまは大切なことを忘れていなさるよ。どんな物語にも続きってものがあるんです。いったん終わったお話にだって、続編というものがあるんで。それが世の常、習いというもの。とくにいまのご時世、スポンサーとかプロダクションとか、いろんな絡みがあるものですから。そう簡単に終了とはいかない。旦那さまほどの人気者であれば、なおさらといった次第で。そもそも旦那さまのあの第三の遍歴、あれ自体が続編もしくは後編と呼ばれていたんじゃなかったでしたか？」

「そうだったかもしれん。どうも記憶があやふやなのだが。しかし仮にも、主人公の半身が死んでおるのだ。おいそれと続きを続けるのもどうかと思うが」

「おお、旦那さまほどの御仁が、なんとせせこましいことを。そんな不都合なことは、この際忘れちまってくださいさい。まあそんな七面倒くさい理屈は抜きで、さっさと出発いたしましょうや」

「出発？　出発とはなんだ？」

「決まっているでしょう。ドン・キホーテ第四の遍歴の旅に出立ですが！」

たいていの場合、老人はただ首領《ドン》と呼ばれた。本名を直に呼ぶものはいない。みだりにその名を唱えるなかれ、とでもいうのか。むろんそれで不都合はなかった。要するに、その筋では知らぬ者のない存在ということだ。残念ながらわたしは知らなかったが。それは単に、わたしが世事に疎いからだ。そこで同業者にそれとなく訊いてみたのだが、茫漠たる印象は拭えなかった。

「とにかく、あらゆる分野に強い影響力を持つ人物だ」と彼は言った。「政界、財界、マスコミ、宗教、司法に警察、いわゆる反社会的勢力に至るまですべて。首領の力の及ばない分野を考えるのは難しい」

「でも、聞いたことがないんだよね」とわたし。

「それはきみ自身に問題があるんだろうが——。まあしかし、表に名前を出さないことはたしかだ。インタヴューも写真もダメ。演説をすることもない。書いたものが発表されるわけでもない」

「控え目でシャイな人なのかな」

「しかしね、この国で起こるほとんどすべての出来事の背後には彼がいる。裏で糸を引くのが仕事なんだ。典型的なフィクサーといったところだろう」

「なんだかスパイ映画みたいな話だな。でも本業は不動産と土地開発だろう？」

「いやそれが映画なんて話じゃないんだ。首領は戦後しばらく、占領軍の下で諜報活動に関与していたらしい。そのときの情報をネタに、政権与党に深く食い込んだんだ。おかげで高度経済成長に合わせて、しこたま儲けた。伝説的辣腕。業界の首領というわけさ。そんじょそこらの土地成金とはわけが違うんだ」

「ずいぶん詳しいんだな」

「じつは以前かかわった事件が首領にからんだものでね。調査を進めていくうちに、彼の足元にたどり着いてしまったってわけさ。こっちとしてはそんなつもりはなかったのだけど、気がついたら領土のなかに入りこんでいたんだ」

「それできみはどうした？」

「もちろん即刻、手を引いたよ。他にどうしろっていうんだ。おれだって長生きはしたいからね。言っておくがおれだけじゃないぜ。似たような経験をした奴はたくさんいる。引き際を間違えた奴のことも聞いたことがある」

「そいつはどうなったんだ？」

「わからない。音信不通になったままなんだ。その手の話はじつに多いよ。首領に係わった奴は、たいてい消息がわからなくなる。見せしめに殺されるとか、ひどい目に遭うとか、そういうんならまだわかるんだ。警告として受け止めることができる。でもそういったわかりやすいメッセージもない。ただふっと消えてしまうんだ。最初からいなかったみたいに。だから余計におそろしい。いずれにせよ、君子危うきに近寄らずってことだな。きみもこの稼業で食っていくなら、肝に銘じておいたほうがいい」

「怖いね。気をつけることにするよ」

「まあきみの場合、そんな厄介に巻き込まれる心配はないだろうがね。その点、ペットが相手っていうのは気楽でいいな。それで、いまはなにを追いかけてるんだ?」

「いや、すまないがちょっと言えない。守秘義務に抵触するから」

「なんだ? ワシントン条約にでもひっかかるやつか」

「そういうんじゃない。ある種、モービー・ディック的と言えばいいのか——。追跡を進めていく過程で、徐々に相手の姿が見えてくるようなんだ。だからまだ、はっきりしたことが言えない」

「よくわからないな」

「ならいいだろ。ところでその首領って、いまはどうしているんだ?」

「それもわからないんだ。なにしろ秘密の多い人物だから。居場所も目的もわからない。ただ、しばらく前から病気でどこかに閉じこもっているって噂はある。なにせ歳が歳だからね。そういう事実はあるのかもしれない」

「病気って、深刻な状況なのかな？」

「だからそれもわからないんだ。だいいちその噂自体がフェイクで、グループ内の不満分子をおびき出すための罠だっていう説もある。誰かが反旗を翻した途端、首領が手ずからひねりつぶすというわけさ」

「グループ内は、そんなにゴタゴタしているのか？」

「一族が取り仕切っているんだが、血縁が複雑でね。首領は三度、妻を替えているし、愛人に産ませた子も数えきれない。骨肉相食む関係というのかね。いろいろたいへんなんだろう」

「首領が死んだら、ひどい争いになるんだろうね」

「ああ、そうだな。だがいまのところ首領の姪にあたる女が、睨みをきかせているんだそうだ。肩書きはいちおう秘書なんだが、実質的に組織を切り盛りしているのは彼女らしい。ずいぶんなやり手なんだとさ。まだ若いはずだが」

「それはそれは」とわたしは言った。「たいへんな仕事だね。まったく」

すでに後悔しても無駄なことはわかっていた。わたしは船に乗り込んでしまったらしい。そして船はもう出港している。後は航海の無事を祈るしかない——。

つまらない言葉遊びを咀嚼しながら、わたしはハンドルを握る手に力を込めた。車は急な勾配を進み、道幅はだんだん狭くなってきていた。入り組んだS字型のカーブを過ぎると、道路左手は切り立った崖だ。はるか下の方には、渓流が流れているようだ。運転に意識を集中させる。

山奥にあるその施設までは、車で行くしか方法がなかった。しかし高速を下りてすでに一時間、こうして坂道を走っているのに、一向にたどり着く気配がない。ぽつりぽつりと点在していた集落も、いつしかその姿を消し、背の高い糸杉ばかりが目立つようになった。杉は高々と聳《そび》え、陽射しを遮り、車道を薄暗くしていた。吹き込んでくる風は急に冷ややかになり、車内は森の湿った匂いに満たされた。

車道はやがて雑木林のなかにさしかかった。ナビの表示によれば、目的地のすぐ近くまできていた。だが鬱蒼と茂る木々の葉叢《はむら》がわたしの視界を塞いでいた。おまけに少し行くとアスファルトの舗装は途絶え、目の粗い砂利道に変わった。坂道はまだ、相当な角度を保って続いている。道幅は車一台がやっと通れるほどしかない。路面はひどいデコボコで、車体は激しい上下動を繰り返した。

難儀しつつ、そのまま十分ほど先に進むと、道はようやく平坦になり、同時に視界も開けてきた。そして前方に、高い壁が見えだした。木立のなかにぬっと聳える姿は異様で、あたりの景観から浮き上がっていた。壁を横目に、ゆっくり徐行させていくと、ようやくゲートにたどり着いた。大きな鉄製の門だった。付近に看板のようなものはなく、人影もなかった。ずいぶんひっそりとした印象だった。

山のなか、人知れず佇む療養所。どうも、『魔の山』の世界にでも迷い込んだ気分になった。もっともわたしは、ハンス・カストルプのように単純ではなく、ましてもう青年ではなかった。そろそろ中年に差しかかる、くたびれた探偵にすぎない。いかなる経験も教化も、わたしを成長させることはないだろう。要は手遅れということだ。わたしはわたしを全うするしかないのだ。それがいかに下らない代物であっても。

わたしは車を降り、扉の前に立った。重々しく頑丈な造りの鉄扉だ。わたしはいくぶん萎縮していた。しかし別段、やましいことがあるわけでもない。意を決し、門柱のインターホンを押すと、ずいぶん間があった後で、くぐもった声で誰かが答えた。わたしは名乗り、用件を述べた。やはりずいぶん長い間があった後で、扉はゆっくり開き始めた。くぐもった声がどうぞと告げていた。

なかで待ち受けていたのは、制服を着た守衛で、わたしはその指示に従った。車を扉の内側に停めてから、簡単なボディチェックを受けた。それからいくつかの注意事項を受け、ルートを案内された。

敷地のなかは思っていたよりもずっと広いようだった。わたしは教えられたとおりに進んだ。路傍には、随所に趣味のよい花壇や置き石があった。芝生はきれいに刈りそろえられ、植木にも丁寧に手が入っていた。一昔前の別荘地を思わせる、のどかな風景が続いていた。

あたりはとても静かだ。ときどき鳥の声が聞こえるくらいで、他には物音ひとつしない。自分の足音さえ、ふだんよりやわらかに聞こえた。まるで誰かの午睡のなかに忍び込んだような、そんな気がした。

途中、数人の患者とすれ違ったが、みな口元におだやかな微笑を浮かべ、わたしの方を見ていた。みな地に根を張ってしまったかのように、じっとその場を動かない。その姿は、光合成に勤《いそ》しむ植物を連想させた。わたしは小さな会釈を返して通り過ぎた。

林道を進んでいくと、時計台のある広場に出た。道はそこから三方向に分かれていた。わたしは教えられたとおり、十時の方向の枝道を選んだ。やがて倉庫のような建物が見えてくる。蔦の絡まる古い納屋だった。そこを目印に右折して、ゆるやかな坂道を降っていく。しばらく行くと、ふもとに二階建ての白い建物があるのがわかった。

そこが施設の本館ということだった。そこで先生が待っている、という話だ。

受付には女性の事務員がいて、わたしを見ると、なにも訊かずに奥のラウンジに案内してくれた。そして、しばらく待つよう言い残して立ち去った。いまのところ部屋は無人で、がらんとした空間には、ガラス製のテーブルとソファーが置いてあるだけだった。わたしは所在なく部屋のなかをぐるりとひと回りした後、ソファーに座り、気長に待つことにした。

やがてドアが開き、入ってきたのは老人だった。

上下とも白い服を着ていた。髪も真っ白で、顔色も蒼白だった。操られたような足取りで部屋に入ってくると、目の前のソファーに身体を投げ出した。わたしに一瞥をくれることもなく。虚ろで、しかし奇妙に澄んだ瞳は、たえず動き回り落ち着きがなかった。皺《しわ》の寄った目じりには涙が浮かんでいる。ソファーに深々と腰をかけると、自らを抱きしめるように、固く身を縮こまらせた。

しばらく彼が話しはじめるのを待ったが、その気配はなかった。仕方がないので、わたしのほうが先に口を開いた。「先生ですか？」とわたしは訊いた。

彼は驚いたように身を震わせ、わたしの方を見た。まるで生まれて初めて物を見るような眼差しで。ずっとそうしていると、顔に穴が開いてしまいそうな凝視だった。そして視線を外すことなく応えた。

「いかにもさようだ」と彼は言った。低く落ち着いた声だった。「わしは多くの教え子を持った。それゆえ先生と呼ばれるのにふさわしい。つまりそういう人間なのだ。そうは思わんか？」

「そうかもしれません」とわたしは言った。「じつは今日はお尋ねしたいことがあって来ました」

「ふむ。つまりお前もわしの教えを乞いたいということだな。よかろう。して、どうした？ なにが知りたい？」

「人を探しているのです。数か月前に姿をくらませて、行方不明になったままです。いったいなにがあったのでしょうか？」

「ほうほう。つまり失踪というわけだな。ならば失われた足跡をたどらねばならぬ。だが、よくよく注意しなければいかんよ。失踪者が自らの意志で動いているわけではないということもありうる。その可能性は考えてみたのかね。むしろたんに迷子になっているのかもしれんではないか。いやいや、それを言えば人はみな迷子のようなものなのだが」

「迷子だとしたら、どうやって捜したらよいのでしょう？」

「まずは係員に連絡して、放送をかけてもらうことだな。その際、人相風体など細かい特徴を伝えることを忘れてはいかん。次に、新聞の尋ね人欄に広告を出すことだ。多少値は張るかもしれんが、背に腹は代えられぬ。はっきりと、大きな文字で、奴の名前を記さねばならん。できるだけ目に付きやすいようにな。奴はかなりそそっかしい男だ。帰り道どころか、自分が誰かもわからなくなっている可能性は高い」

「先生は首領のことをご存知なのですか」

「ご存知もご存知。なにせわしらは双子のような間柄だ。ここで出会ったのはまさかの偶然。いやそれもまた運命であったのかもしれんな。よく二人で語り合ったものだよ。われわれの来し方そして行く末について。わしが悩み深き王子であるように、奴はさ迷える遍歴の騎士であった。互いに歩む道こそ違ったが、心意気においてよく似通っていた」

「先生は、先生ではなく、王子だったのですか？」

「もちろんそうだ。先生とは世を忍ぶ仮の姿。なにを隠そう、わしはかのデンマーク王子。だが父王は死に、玉座は叔父に奪われた。おまけに母はその叔父に嫁ぐ。そして真夜中、幽霊になった父が現われて叫ぶ。自分を殺したのは弟であると。あの簒奪者を殺せ。復讐だ。復讐せよ、ハムレット！」

「驚きました。あなたがあのハムレットだったとは」

「むろんこのことは口外無用に願いたい。わしの命を狙う者は多い。どこに刺客が潜んでいるともしれぬのだから。同様に、奴が遍歴の騎士であることも秘密だ。外にはさらに多くの敵がうじゃうじゃしておる。奴の旅路は苦難に満ちたものになるだろう」

「首領まここを去ったのですね。しかし遍歴の騎士というのはどういう意味なんでしょうか。そして彼はどこに向かったのでしょう？」

「それは知らん。わしも知らんよ。わしはそう、たとえこの胡桃のなかに閉じ込められても、無限の領地を支配する王者だ。しかるに奴は、なにひとつ持たぬ。その代り、ひとつところに止まろうとせぬ。ここを飛び出した以上、あてどなく心のままに進むことだろう。それが遍歴ということの意味だからだ。誰にも奴を止めることはできん」

「それは困りました。わたしは彼を見つけ出さねばならないのです」

「お前は何者か。よもやスパイではあるまいな。秘密裡にターゲットを始末しようと、そんなことを考えておるのか？」

「それは違います。わたしは探偵です。依頼人の指示で動いているにすぎません」

「なんだ探偵か。つまらん。どうせ他人の周囲を嗅ぎまわり、つまらぬ詮索ばかりしているに違いない。つまりは犬だ。犬ということだ。三遍回ってワンと言いたまえ」

「わかりました」わたしは言われたとおりにした。

「ははは、これは愉快だ。どうやらお前は、探偵にしておくには惜しい人間のようだ。ポチと呼ぼう。お前はポチだ。ここ掘れワンワン！　そう鳴くがよい。どうだ、お前のそのよくきく鼻で、このわしの仕事を手伝ってみんか？」

「光栄ですが、お断りしておきましょう。復讐の手伝いなど性に合いそうにない」

「いや復讐ではない。これはハムレットとはまた別の仕事なのだ。目下、わしが夢中になっているのはむしろこちらの方でな、詳しくは言えんが、まあ一種の宝探しである。埋蔵金を掘り起こすような仕事だよ。いまやこの国は衰退の一途をたどりつつあるが、その命運を決する仕事と言っても過言ではあるまい。これまで幾多の苦難を乗り越え、ようやく成功の一歩手前までこぎつけることができた。捜索の輪は、確実に狭まってきている。つまり目星はほとんどついているわけだが、なにぶん人手が足りん。ゆえに協力者を求めているところだ」

「わかりました。考えておきましょう。しかしいまは、依頼の仕事を成し遂げねばなりません」

「なるほど。たしかに人は、一度引き受けた責任から逃れることはできんからな。それはどこまでも肩に重くのしかかる荷物のようなものだ。しかしその重みこそが、もっとも充実した人生の証でもある。天を支える巨人の姿を思い出してみなさい。怠りなく励むがよいぞ」

「ご忠告ありがとうございます。でもちょっと自信をなくしかけています。いったいこの出来事のなかで、自分の位置がどこにあるのか、正直よくわからないのです」

「だからさっきも言ったではないか、人はみな迷子なのだと。それを認めたうえでなければ、もはやどんな出発もありえん。迷ったときは、自らの足元を掘り起こしてみることだ。そう、それこそポチのあるべき姿だ。目の前の壁ばかりを見ていてはいかんのだ。どだい壁なんぞというものは、人間がでっち上げたものに過ぎんのだからな。ほれ、諺にも言うだろう、壷のなかを覗きたければ履物を脱ぐしかないと。わかるか？　わしの言うことが理解できたかね？」

「はい。よくわかりました」

「よし。これで安心したまえ。ここまで対話を進めたからには、お前はもう立派にわしの弟子だ。教えを心に刻んで、仕事に邁進するがよいぞ」

「ありがとうございます」


老人は満足そうな笑みを浮かべて立ち上がった。いつの間にか、ドアの脇には事務員の女性と、二人の看護人が立ち、話が途切れるのを待ち構えていた。老人は彼らに付き添われて出ていき、入れ替わりに白衣を着た本物の医師が入ってきた。


老人にくらべればずっと若い。血色もよく、健康そうな中年男だった。

「いや失礼しましたな」医師は頭を掻きながら言った。「ちょっと目を離したすきに、迷い込んでしまったようで」

「いいえ。楽しかったですよ。なんだか本物の先生と話しているような気分になった」

「あの方は、高名な評論家の方でしてね。じっさいに多くの弟子を育てられたのです。ここでもみんなに先生と呼ばれて親しまれていた。昔はよくテレビなんかにも出ておられたんですが。ご存知なかったですか？」

「あいにくと世事に疎いもので――」

「もっとも、昔と比べるとだいぶん人相が変わってしまわれましたがね」

「いまは埋蔵金を探すのに忙しいそうです」

「ああ。庭のあちこちを掘り起こしてしまってね。たいへんです。まあ当方としては、好きにしてもらっていますが。なにせ自由放任が当施設のモットーなものですからね。穴はあとで埋めればいいだけの話です」

「なるほど。しかしそれは治療の観点から見てどうなのでしょうか」

「治療というのは、患者に対して施すものですよ。しかるにここには患者はいない。なぜならここは病院ではないからです。みなさんよくそこを勘違いされているが――」

「ではわたしも勘違い組の一人かもしれませんね。終末医療には治療行為は必要ないということですか」

「少なくとも、ぼくはそのように考えていますね。ここは入居者のみなさんが、自分の人生を全うさせるための場所です。生半可な治療の見込みは、むしろないほうが気が楽でしょう。そんなことよりも、やすらかに最期のときを過ごすことのほうが大事ではないですか」

「はあ。死刑囚が刑務所に入らないのと同じことでしょうか。いや、これは不謹慎なたとえですが」

「いえ。おおむねただしい理解だと思う。あえて付け加えるなら、われわれはみな死刑囚なのだとも言えますがね。遅かれ早かれ人は死ぬのだから。これはまあ、月並みな一般論ですが」

「なるほど。なかなかユニークな施設のようですね」

「ここは元々、とある財閥の長の寄付から始まっているんです。彼自身が不治の病に侵され、終の棲家として選んだのがここでした。廃棄された集落を買い取り、自分好みに作り直したんですな。戦中のことですから、建物は古いですよ。修理に手はかかりますが、頑丈で持ちがよい。昔の人は良い仕事をしたものです」

「そうでしたか。ところでここの患者、いや入居者の方には、先ほどの先生のような方が多いのでしょうか。つまり認知作用に、いくらかトラブルがあるケースということですが」

「いえ。そういうわけではないのですが――」医師は少し考えるふうなそぶりを見せてから続けた。「ふむ。しかしありていに言えば、やはり多いと言わざるをえないですな。それも社会的地位の高い人たちばかりです。おわかりいただけるでしょうか。ここは都心からも遠いし、外部との接触もほとんどありません。つまり外聞を憚《はばか》る症状の方を、お預かりするのにうってつけというわけです。別段そうした利用者を当て込んで作ったわけではなかったのですが――」

「結果的にそうなってしまったと」

「まあそういうことですね」

「そして首領もそうした一人だったわけですね」

「そうですね。あの方の場合、身内の方にもいろいろと事情があったようです。秘密裡に扱ってほしいとのたっての希望でした。それでお預かりすることにしたのです」

「こちらでの様子はどうでしたか？」

「どうと言われても――正直、われわれで手を尽くせる部分は少なかったように感じますね。ここに来られた時点で、腫瘍はもうかなりの段階まで進行していました。歩くことも、立つことも、食べることも、だんだんと難しくなってきていました。必然的に自室から出る機会も減り、日がな一日、譫言をつぶやき続けるような、そんな状態でした」

「譫言というのは？」

「いずれも支離滅裂な内容ですよ。意味なんてない」

「なにかしらメッセージのようなものが、汲みとれるところはなかったのでしょうか？　さきほどの先生は、首領とはいろいろなことを話しあったと言っておられましたが」

「さあ、それはどうだか。入居者相互の関係については、感知していないもので。そもそも先ほども言ったように、われわれの目的は治療ではないのです。だから分析的解釈にまで踏み込む余地はないわけでして――」

「そうですか。しかしわからないのは、そんな状態の老人が一人、忽然と姿を消すという事態ですよね。当日の状況はどんなものだったのですか？」

「これといって変哲のない日でした。三か月前、嵐の日の晩です。われわれは入居者の安否確認と施設の見回りを兼ねて、夜間巡回を行っています。二時間ごとに一回。朝方まで計五回の巡回があるわけですが、その三度目のとき。深夜一時過ぎです。首領が部屋からいなくなっていることがわかったのは。ドアは外側から施錠できる仕組みです。だから出られるはずがない。窓は内側から開きますが、外側には格子をはめていますからね。その間を縫って出ることなど不可能なはずです」

「それはいわゆる密室状況ということですよね」

「はい。しかしその不可能なことが起こってしまった。状況から考えて、格子の間を抜けていったとしか考えられません。痩せ衰えた老人になら、できるのかもしれない。いいえ、これはまったくの当て推量ですが」

「窓の外に、足跡は残っていましたか？」

「いいえ。もしあったとしても、風雨が激しくてかき消されてしまったでしょう」

「そしてそれ以降、首領の姿を見たものはいない、と」

「ええ。密室の件はともかく、こうした失踪、というか徘徊の事案は、じつはけっこうありふれたものです。それは先ほどの先生の件を見れば明らかですね。しかし、その対策として施設の随所にはカメラが設置されているわけです。だからほどなく発見できるはずでした」

「しかしそうはならなかった」

「そうです。どのカメラにも首領の姿は映っていなかった。特に壁際やゲート付近には、重点的に設置してあります。その監視の目をかいくぐって脱出するなど、本来ありえないことです」

「なるほど。しかし現実には、そのありえないことが起こってしまった。そうですね？」

「そうです。それは認めざるをえない。もちろん、これはわれわれの落ち度です。いくらお詫びしても追いつかない。ほんとうに申し訳ない――」

「いえ。わたしはただの代理人です。ですから責任の所在云々については、身内の方とお話ししてください。わたしは事実関係の調査に伺ったに過ぎません」

「それはわかっていますが――」

「たとえばですが、こういうことは考えられませんか。首領の病気が、じつはまったくのうそで、みなの目を欺くために演技をしていたのだとしたら。ほんとうは健康な青年男子なみの体力と知力を兼ね備え、しかし呆けたふりをして、あなた方の隙をうかがい、千載一遇の機会をとらえ、逃げ出したのだとしたら」

「ふむ。しかし、それはありえませんね。ぼくはこれでもプロの医師ですよ。それも終末医療を専門とする者です。詐病を見破ることくらいはできます。そもそもそんな演技をしてまで、病気を装う意味がわかりません」

「たしかに。では、外部に協力者がいた可能性はどうでしょう。いや、協力者とは限らないな。誘拐犯ということもありうる。とにかく第三者がかかわっているケースについてですが。どうでしょう？」

「それについてはなんとも言えません。もちろん、職員のなかにそんな輩が紛れているとは考えたくないんですが。しかし絶対にないとは言えない。目下探りを入れているところですが、はかばかしい成果はなく、疑心暗鬼の種を撒くばかりです。正直もう、こんな探偵の真似事はたくさんですよ」

「わたしもときどき、自分の仕事が嫌にはなりますがね」

「あ、そんなつもりで言ったんじゃありませんよ。すみません」

「いえいえ。まあなんにせよ、わたしはわたしの仕事をするしかないようです。現場の部屋を見せていただくことは可能ですか？」

「ええ、それは問題ありません。ぼくはこれからミーティングがあるので、一緒には行けませんが。事務の方に言っておきますので、鍵を受け取って、向かってもらえますか」

「わかりました」

受付で鍵を受け取り、来るときに降りた坂道を引き返した。古い納屋のところまで戻ると、今度は道なりに進む。ゆるやかな勾配を越え、白樺の木立を抜ける。五分ほど行くと、前方のなだらかな斜面に、木造の住宅棟が並んでいるのが見えてきた。

建物はどれも同じかたちをしていた。立方体に近い造形で、色もベージュに統一されている。幾何学的な秩序を思わせる配置だった。医師の説明によれば、そこが入居者たちの住まいだった。まだ昼下がりということもあってか、人の気配は希薄だった。ほとんどの部屋はカーテンが引かれている。

ひっそりと静まり返った区画に、わたしは踏み入る。

Y206という番号の棟だった。玄関を入るとすぐ、廊下があった。一歩進むごとに、古い木材がミシミシと音を立てる。外からではわからなかったが、かなり古びた建物だった。幾層にも積み重なった時間の澱が、ずっしり肩にのしかかってくる。不快な感じではなかった。ただ少し息が詰まる感覚があって、わたしは大きく深呼吸した。

廊下はほどなく突き当り、通路は左側に続いていた。少し進むと、くすんだ水色のドアが見えた。白く変色した真鍮のノブ。鍵を使ってなかに入る。部屋はそのままの状態で保存されているという話だった。三カ月前、首領が失踪したその日のままで。

空気はたっぷり熱を溜めこみ、むっとしていた。閉めきった室内は薄暗い。窓からわずかに漏れる陽射しが、床の間近に光のプールを作っていた。少し踏み入っただけで、無数の塵と埃が舞った。わたしは真っ先にカーテンを払い、ガラス戸を開けた。眩しい光と、涼しい風が部屋にあふれた。それから改めて室内を見渡した。

簡素な部屋だった。広さはじゅうぶんなのに、家具は最小限しかない。おかげでずいぶん殺風景な印象だ。窓際に書き物用の机があり、その反対側にベッドがあった。ベッドの脇にはクローゼットが、その隣には本棚があった。

他に目につくものといえば、中央にぽつんと置かれた、スティール製の車椅子くらいだ。テレビもなければラジオもない。楽器もなければ遊具もない。およそ娯楽と呼べそうなものとは縁がなかった。

しばらく室内を漁ってみたが、これといった成果はなかった。クローゼットには最小限の衣服しかなく、机の棚は空っぽだった。期待して見た本棚も、辞書や実用書のたぐいがほとんどで、手がかりになりそうなものはなかった。

いったい首領は、ここでどんな生活をしていたのだろう。いやそれは、生活と呼べるようなものだったのだろうか。少し考えてみたが、わからなかった。そもそも彼の以前の生活、それ自体がわたしの想像の埒外にあった。ましてや病を得てから後のことなど、理解が及ぶはずもなかった。

とりあえず部屋を一周して、それから窓辺に立った。窓の外には、医師の言ったとおり、たしかに鉄格子が嵌めてある。見栄えを気にしてか、さほど目の細かいものではない。しかし人が通り抜けられるかどうかというとかなりあやしい。

試してみたが、少なくともわたしの体格では無理だ。頭部と一方の肩までは通るが、そこから先はどうにもならない。脱獄囚の記録かなにかで、関節を外して柵をすり抜ける方法を紹介したものがあったが、ああいった技法を使えば可能なのだろうか。

いずれにせよ、瀕死の老人がやってのける芸当とは思えない。仮にここから抜け出せたとしても、施設から出る前に必ず捕まるはずだ。やはり内部職員の犯行、もしくは協力者の可能性を疑うべきなのか。

格子の向こうには、遠い山並みが見える。澄んだ空気のせいか、稜線はいやにくっきりとして、うそのように青い背後の空を際立たせていた。のどかで美しい、でもどこか書き割りじみた質感の風景。わたしはあてどない空想を始めている。

壁に向かってボールを投げたとき、ボールが壁をすり抜けることはありうる。いわゆるトンネル効果というやつだ。量子の世界では、粒子は同時に波であるから、ボールが壁の向こうに波として届く可能性は、極小だが無ではない。限りなくゼロに近いが、ゼロではないのだ。結果が必然として要求されれば、それを実現する手立てもまた必然化する。首領はそうやって壁を抜けたのではないか——。

馬鹿げた話だった。日が少し傾きはじめているようだ。そろそろ帰りの準備をしなければならない。日没までに山道を抜けないと厄介だった。わたしは窓辺を離れ、最後に車椅子に腰掛けてみた。ひんやりとした金属の感触が、背筋に伝わってくる。不意に身体の奥に悪寒のようなものが走り、肘掛けをぎゅっと握りしめた。

その拍子に、わたしは気づいた。椅子の腰掛けと肘掛けの隙間、その奥の方になにかが挟まっている。わたしは指を差し込み、どうにかそれを引っぱり出した。紙幣サイズの細長い紙で、どうやらなにかのチケットのようだ。詳しくあらためてみると、劇場公演のものらしい。インクが滲んでいて、はっきりと読み取れる部分は少ない。でも題目だけは、かろうじて読み取れた。ドン・キホーテ第四の遍歴――そう記されている。

不意にあの、おかしな老人の言葉が蘇ってきた。あてどなく心のままに進むこと、それが遍歴の意味だという。そして誰にも、波を止めることはできないだろうという予測。また老人はこうも言っていた。目の前の壁ばかり見ていてはいけない。迷ったときは、自分の足元を掘り起こしてみればいいと。そう。それはたしかにそうかもしれない。わたしはその忠告に従う。這いつくばって、犬の視線で部屋を見回す。するとかすかな風の流れを感じた。

どんな物語にも続きがある。従者はたしかにそう言った。しかし、と老人は思う。問題はそれがどんな種類のものかということだ。そうではないか。つまらぬ続編に出たばっかりに、キャリアを棒に振る——そんな役者の話もよく聞く。わしはたしかに歩いてはいるが。自分で望んだわけではない物語のなかを、こうしてぽつぽつ歩いてはいるが。だからといってこの状況を認めているわけでもないのだ。そう、少なくともわしの方にも、要望を出す権利くらいあってもいいはずだ。

老人がそんなことを考えていると、気配を察して従者が言った。

「なにか入り用のものはありませんか、旦那さま？」

「そうさな」と老人は考える。「まずは甲冑と兜、剣と盾とが必要であろう。できれば槍もほしいところだ。それに馬だ。なんといっても馬だろう。馬がなければ騎士とは言えん。このまま徒歩というのでは恰好がつかんぞ」

「承知しました。ちょうどこの先の国道沿いによいところがあります。なんでもそろうと評判の店ですが。そこに寄りましょう」

従者の案内どおりしばらく行くと、なるほど大きな建物が見えてくる。暗がりのなか、ひときわ眩しく輝く店舗。派手な電飾の看板には《驚安の殿堂》と記されてある。さぞかし立派な殿堂であろう。栄誉ある騎士が奉られているのかもしれぬ。驚安というのは、よく意味のわからぬ言葉ではあるが――。老人は期待に胸を膨らませて店内に踏み込む。

きらびやかな店内はしかし雑然とし、所狭しと物品が並べられている。

真空タンブラーポイントカラーのびのびチューブ足裏ジェットバススピーカー骨盤矯正クッションKINGプリン電気たこ焼き機パイ投げセット憧れの秘湯ピュアスマイルシートマスク6PセットTENGAキーホルダー高枝切りばさみハンディミストプルハダくまさんバッテリーもみリラックス完全防水MP3プレーヤー目元リラックス八海山久保田いいちこ神の河ハピネスチャージプリキュアスタンドマイク――

にわかにはその意義を測りかねる品々を前に、老人は呆然とする。まるで統一感のない空間は、殿堂というより倉庫に近しい。否むしろ迷路。まるで迷宮のようだ。老人はやみくもに歩き回るが、ついには出口さえ見失ってしまう。

「サンチョ、サンチョ！」と老人は叫んだ。

「どうなさいました旦那さま?」従者はすぐに駆けつける。

「どうなさったではない。たいへんなことだ。わしらはどうやら、違う物語のなかに迷い込んでしまったようだぞ。ここは名高いクレタ島の迷宮に相違ない。だとしたら、わしはテセウス。お前は生贄。迷宮の奥にいるのは、牛頭の怪物ということになる。問題は、帰りの道を指し示す糸を、わしらがすでに失っていることだ」

「落ち着いてください、旦那さま。ここはそんなたいそうな場所ではありませんが。たしかに少々、わかりにくい造りにはなっていますが、ありふれた店で。なんでもあるし、とにかく安いと評判で、国内外に三百店舗は出店していると聞きやす」

「なんと、このようなおそろしい迷宮が、何百と居並ぶというのか。おそろしい世の中になったものだ。通りがかったのもなにかの縁だ。まずはここの怪物から退治してくれようぞ」

「いえ、ですからそうではないんですが――」

主従が噛み合わないやり取りを続けていると、外から雷鳴のような音が聞こえてくる。

「なんだあの音は?」

「おいらにもわからんですが。見に行ってみやしょう」

出口はさして遠くはなかった。従者の導きでようやく迷宮を抜け出た老人はしかし、安堵の息を吐く暇もなく身構える。けたたましい轟音を響かせて、異形の集団がやってきた。

「サンチョ、危機また危機が襲い来るぞ。あの山賊どもを見よ。珍妙ないで立ちをして。それにあのおそろしい嘶《いなな》きを上げる馬どもの群れはどうだ。あのようなおそろしい獣を手なずけ、あまつさえ乗りこなすとは。そうだ、あれは山賊ではない。悪魔崇拝の輩ではないのか。いや、迷宮の怪物の手下かもしれんぞ。生贄を集め、捧げにきたのだ」

「いえ、あれもそのようなたいそうなものではありませんが。暴走族と呼ばれる輩で、あのように夜間、騒音を撒き散らして走り回ることで憂さを晴らしている、つまらん連中です。近頃じゃ珍走団などとも呼ばれているそうですが、なるほど言い得て妙ですな。いずれにせよ、旦那さまがお気になさるような相手ではありませんが」

従者の言葉を聞きつけて、集団の一人が近づいてくる。意味のわからない咆哮《ほうこう》を上げて。

「なんと言っておるのだ、サンチョ？」

「わかりませんが。おそらく脳が腐っておるのではないかと」

いちだんと大きく吼えて、男が従者に摑みかかる。従者はこれを巧みに避けて、相手の鳩尾《みぞおち》に拳を見舞う。男はうめき声をあげ、あえなくその場に崩れ落ちる。従者はすばやく追い打ちに移る。店先に陳列していたバールを振り上げ、振り下ろす。ぐしゃっと湿った音を立て、男の頭蓋が陥没する。従者は再びバールを振り上げ、すかさず次の一撃を加える。男の頭部は破壊される。

集団が一挙に沸き立つ。口々に叫び声を上げて、輪になって主従に迫る。十、十一、十二人いる。壁を背に、主従は取り囲まれてしまう。久々の戦闘の予感に震え、老人の胸は熱く高鳴る。同じく店頭に立てかけてあった、物干し竿を引き寄せて握りしめる。大きく息を吸い込んでから叫んだ。

「このような無法な戦いを挑み来るのはどこの輩か。名乗りもせず襲い来るとは卑怯千万。せめて己の氏素性を述べ、しかる後に決闘を挑むのが筋というものであろう。わしが誰かを知っての狼藉か。なにを隠そう、わしこそは才智あふるる遍歴の――」

最後まで述べる余裕はなく、敵は次々に襲い来る。老人は闇雲に竿を振り回す。へっぴり腰で、身を守るのがやっと。対して従者は、次々敵を仕留めてゆく。バールを振り上げ、振り下ろす。ほとんど機械的な仕草で屍の山を積み上げてゆく。

ほどなく集団は全滅した。老人は驚愕する。なんと鮮やかな手際であるか。まさに目を瞠《みは》る働き。さすがはわが従者だけのことはあるな。だがいつの間に、これほどの武勇を身に着けたのか。振り返った従者の顔は、返り血と脳漿《のうしょう》にまみれた鬼の形相。しかし表情とは裏腹の、低く落ち着いた声で言う。

「旦那さま、とりあえずここを離れましょう。すでに通報されていると厄介ですが」

「おお、そうだ。そうせねばならぬ」

主従は駐車場を飛び出す。集団の持ち物を奪い、彼らの乗り物に跨って走り出す。流線形の青白い車体。慣れない装置に老人は戸惑った。しかし徐々になめらかな動きを取り戻していく。古い記憶が蘇ってくるように。機体の熱が胸の鼓動と同期してゆく。見かけこそおそろしいが、と老人は思う。こいつはなかなかの名馬だ。あの痩せ馬よりよほど役に立ちそうではないか。

そのまま夜明けまで走り続けた。やがて東の方角の山々の尾根が薔薇色に輝きはじめる。はるか下方には蒼ざめた街が見えた。街はまだ目覚める前だった。主従は共に走りつつ、何度か背後を振り返る。追っ手の砂煙は見えない。ずいぶんと距離をかせいだはずだった。

ようやくひと心地つくと、主人は改めて考えた。なるほど世の変わりようには驚いた。しかしサンチョの変貌ぶりこそ、真に驚嘆すべき出来事であると。あの間抜けなサンチョが、デブでとんまでのろまなサンチョが、かくもすばやい仕事を成すとは。たしかに三日逢わざれば刮目して相対すべしとは言うが、いったいどうしたことなのか。

「サンチョやサンチョ」老人は問いかけた。「昨夜の働きはじつにみごとであった。だがお前もずいぶん変わったものだな」

「はあ。でも変わらないものなんてないですが。旦那さま。そもそもわかっておられますかね。前回の冒険から、いったいどれくらい経っているのか」

「さあ。とんと見当がつかぬが。三月か数年、もしくは十年以上も経ってしまったか――」

「ああ、あいかわらず旦那様は呑気ですがね。十年どころの騒ぎじゃないです。四百です。四百年ですが」

「四百年、それはまことか⁉」

「ええたしかに、間違いないですが。指折り数えて待ちましたからね。おいらはずうっと、旦那さまがお帰りになるのを待っていたのですが。その間ずいぶん、いろんなことがあったわけです」

「それがお前を変えたというのか」

「ええ。そうですが。だってそうでしょう。四百年前っていえば、まだ世の中はだいぶおだやかでゆるやかで、おいらたち庶民ものんびりおっとり生きてましたが。おいらがのろまと言われようとも、とんまで間抜けと言われようとも、どっこいそれで生きていたわけで。いまにして思えば、よい時代でしたが。あのころは」

「む。たしかに。懐かしき日々であることだな」

老人はかつてのサンチョを思い出す。薬を飲んで、胸やけにのた打ち回るサンチョ。ならずものたちに布団蒸しにされ、宙に放り投げられたサンチョ。ロバを抱きしめ、悲嘆の涙を流したサンチョ。主人の言いつけを守り、自分を何度も鞭打つサンチョ。それはたしかに愚かしくも微笑ましい情景だった。

「ですが旦那さま」と従者は言った。「いまのご時世、あんなふうにのんびりしていたんじゃ、たちまち殺されちまうんですが。油断してたら、あっという間です。どれだけ多くの人間が騙され、毟られ、縊り殺されてきたことか。じっさいおいらたち庶民の暮らしほど惨たらしいものはありませんでした。この百年ほどは特に。戦争があって虐殺があって災害がありました。大勢が死にました。政府も国も、税金を持っていくだけ持っていって、いざというときはなにもしてはくれませんが。だからおいらたちも自衛のために闘わなければ。そうしなければ生き残れませんですが」

「そうか。それは不幸なことであるな。わしは知らなんだ、世の中がそんなことになっているとは」

「旦那さまは昔から周囲のことがよくお見えにならなかった。だからそのことは仕方がねえと思っていますが。ただおいらがお願えしたことはただひとつですが。今度こそ、あの約束を守ってくださいまし」

「約束？　なんのことだ。わしがお前にどんな約束をした？」

「ああ、それも忘れちまいましたか。困ったものですがね。島ですよ、島」

「島？　ああ、そうか思い出したぞ。あれは記念すべき、われらが旅立ちのときであったな。わしは約束したのだった。いつの日か、お前に島を統治させると。たしかにそうだ。それは遍歴の騎士の慣例でもある。おのれが手にした王国の太守に、自らの従者を取り立てるというのは。思い出したぞ。なるほどたしかに、あの言葉にうそいつわりはない」

「ええそうですとも。うそであってたまるものですか。なにせそのためにおいら、四百年も待ち続けたんですからね。意地でも約束は守ってもらいますが。ええ。旦那さま、どうかおいらにくださいまし。おいらに王国を与えてくださいまし。おいらが治めて、思うさまにできる王国をですが！」

探偵　Ⅲ

「かんたんな仕掛けだったんです」とわたしは言った。「要するに、視点を変えればそれでよかった。でもこれが、言うは易し行うは難しというやつで。なかなかそうスムーズには行きません」

「そういうものですか」と彼女は応える。電話越しで、声はずいぶん遠くに聞こえる。依頼人という仮面の背後に、しっかりと身を潜ませてしまった声。わたしはめげずに先を続けた。

「たとえば目の前に一枚の壁があるとします。するとわれわれは、この壁を乗り越えることばかり考えてしまう。あるいは打ち破る方法ばかりを。しかしもし、壁が手に負えないのなら、あえて無視するという選択肢だってありうるわけです」

「はい」と彼女は相槌を打つ。感情はこもっていない。

「つまり壁ばかり見ていてはいけない。ときには自分の足元を掘り返さなければならない。そういうことです」これは誰かの受け売りだった。

「それでいったい、なにを見つけましたか？」

「通路ですよ。抜け穴と階段、そして長大な地下通路。通路の先は、敷地外の井戸の奥まで続いていました。入口はクローゼットの底に、念入りに隠されています。床面を仔細に調べていただければわかります」

「戦中にできた建物ですから」彼女はわたしの台詞を先取りして言った。「防空壕を兼ねた地下通路が張り巡らされているんです」

「知っていたのですか？」わたしは唖然とした。

「もちろん調べはついていました。叔父がその通路を伝って外に出た可能性は十分にあると思います」

「しかし施設の人間は、誰も気づいていませんでした」

「彼らは捜査の専門家ではありません。あなたとは違って」

わたしは瞬時カッとなり、それから赤面した。密室の解明について、得意げに話すところだったのだ。

「なぜそのことを隠していたのですか？」

「隠したつもりはありません。ただ伝えていなかっただけで」

「同じことでしょう」

「そうかもしれません。ただあなたには、できる限り先入見のないかたちで捜査に臨んでほしかった。事件を最初から、虚心に追ってもらいたかったのです。いまのところそれはうまく行っているように思えます」

「微妙なところですね。わたしの側からすると、からかわれているような気持ちになる」

「卑屈にならないでください。あなたはよくやっていますよ。他になにか、手掛かりになるようなものはなかったですか？」

「あります。でもそれもすでに承知済みの案件かもしれませんね」

「どういったことでしょう？」

「ドン・キホーテです」

「ドン・キホーテ？」

「ご存知ありませんか？　ドン・キホーテ第四の遍歴——そう記された古いチケットを見つけました。叔父上の部屋のなかで。いまのところ失踪と関連のあるものかどうかはわかりませんが。ただなにかしら、気がかりではある。目下、手掛かりと呼べそうなものは、これくらいしかありません。ほんとうになにも心当たりはないのですか？」

「ええ。残念ながら。そのドン・キホーテというのは人名なのですか？」

「おそらくは。でもわたしも聞いたことがありません。なにか叔父上にゆかりのある名前とか品とか、そういうことではないかと思ったのですが」

「叔父の書斎のコレクションを探れば、なにかしら繋がりが見えてくるかもしれません。そちらはわたしが調べておきましょう。なにかわかり次第、知らせます」

「そうしてもらえると助かります。その間わたしは少し別口を当たってみます」

「別口？」

「はい。じつは検索をかけてみたところ、その《ドン・キホーテ第四の遍歴》という題目で公演している劇団があるようなので。ひとまず見に行ってこようかと思っています。繋がりは不明のままなのですが」

「なるほど。では頼みます。ともあれ、動き続けることが肝心でしょう。あなたは元々、動物の探偵なのだから。そうでしょう？」

「たしかに」なんだか馬鹿にされているような気がしたが、それは事実だった。


都心から急行に乗れば二十分ほどで着く、三つの路線が交差する駅だった。駅周辺には踏切と地下道と高架橋が密集し、ひどく込み入った印象だった。地図で見るかぎり、街並みはそこから放射状に広がっているが、どこか破れかけた蜘蛛の巣のようでもある。

繁華街にしては珍しく、高いビルが少ない。だから住宅地との境目もわかりづらい。道筋は容易に途絶え、折れ、見失われてしまう。結果、いつの間にか目印を失い、行き止まりの路地に導かれてしまう。

だがそんな雑駁な雰囲気が、かえって人気の的になっているようだった。主に若者が多く集まる街として昨今は話題らしい。洒落たカフェや雑貨屋、古着屋、バー、ライブハウスや小劇場などがひしめいている。若者文化の発信地として、ニュースに取り上げられることも少なくなかった。週末ごとになにかしらイベントが催され、多くの人でごった返すことになる。かく言うわたしも、その一人ということになるが。

駅の改札を抜けた時点で、すでに雑踏に放り込まれていた。週末らしい混雑だった。わたしは人ごみに歩調を合わせた。ロータリーを出て、アーケードを抜ける。その先は住宅街を縫うように進む。狭い路地でも混雑は変わらず、足取りは捗らない。少し苛立ちを感じ始めたころ、ようやく視界が開けてきた。川岸に向けてゆるやかな勾配が続いていた。

件の劇団は、仮設の屋外劇場を中心に公演を行うグループだという。トレーラーに機材を積み込み、各地を転々としながら興行する仕組みのようだ。その方面のことはよくわからないが、移動式サーカス団のようなものと考えればいいのだろうか。もっとも最近はそんなサーカス自体、見かける機会がなくなったが。

砂利を敷き詰めた坂道を降ってゆくと、川岸の広場に人だかりが見えた。その先に、大きな白い天幕が見える。どうやらそこが舞台ということだ。わたしは列の最後尾に着いた。改めて見ると不思議な行列だった。年齢性別、身なりもばらばら、外国人の姿もちらほら見える。統一した基準が見出せない。とうてい同じ公演を楽しむ集団とは思えなかった。いったいどういう出し物なのか。

天幕の入り口には、二人の騎士がいた。鎧兜を身に纏い、剣と盾を携えている。いずれも量販店で買ってきたような、安物の張りぼてだ。どうやらもぎり役らしい。「チケットを拝見いたそう」と大声で呼ばわっている。凝った演出だが、いかんせん安っぽかった。台詞回しも大仰なわりに棒読みだ。しかしこんなところで批評を始めても仕方がない。

　問題は、わたし以外の人間はみなチケットを持参してきているということだった。慣れた手つきで紙切れを呈示し、次々と場内に吸い込まれていく。わたしには渡せるものがなにもなかった。当日券を買うことはできるのか。しかしどこで？　販売所らしきものは見当たらない。戸惑っているうちにわたしの番が来てしまった。

　わたしは咄嗟に、ポケットのなかのチケットを取り出した。首領《ドン》の部屋で見つけたものだ。出した途端、しまったと思った。いつの公演のものかもわからない。おまけに印字はほとんど読めない。有効なはずがなかった。もぎりの騎士は、しかしほとんど確認する素振りさえ見せず、天幕を払って言った。「お進みくだされ。どうか」

　かくしてわたしは場内に導かれた。なかは思ったよりも広い。数百人は収容できるだろう。それでも客席はすでに満席に近かった。年恰好のばらばらな人びとが、ばらばらのまま会場を埋めている。席指定はないようで、まだ空いている席は舞台に接する最前列だけだった。仕方なく、わたしはそのいちばん左端に座った。

　着席してしばらくすると、開演を告げるベルが鳴り照明が落ちた。会場は暗がりに沈む。同時に空っぽの舞台にライトが当たり、そこに司祭服を着た男が飛び出してきた。そうして劇は始まった。

司祭：神よご加護を。ご加護を。どうか。願わくば、いましがたわたしの目が見たものが偽りであったとお示しください。わたしはおそろしい光景を見てしまいました。それは墓でした。しかしただの墓であれば、そこは死者が安らう場所です。恐れることなどありません。しかしわたしが見たのは空虚。からっぽの、墓なのでした。土は掘り起こされ、柩の蓋は開けられていました。そして骸《むくろ》が、遠い復活の日まで安置さるべきかの屍が、そこから消え失せていたのです。そしてそう、その墓とは他でもない、かの善良なる郷士アロンソ・キハーノ殿の墓でありました。

うろたえる司祭に、下手から出てきた得業士が話しかける。

得業士：司祭さま、一大事です。いまこの目で見てきたのですが、キハーノ殿の墓が暴かれていました。いったいどこの無法者がこのようなことを。どうやら墓石を根こそぎ掘り倒した様子。なんという乱暴狼藉でしょう。わたくしがキハーノ殿の冥福を祈り、懸命に刻んだ墓碑銘までをもないがしろにして。許せません。許せませんよ。かくのごとき悪逆非道は。この始末は、必ずやこのわたくしがつけましょう。いえ、どうかご安心ください。犯人は、わたくしめがきっと突き止めてごらんにいれます。

上手から床屋、駆け込んできてわめき散らす。

床屋：司祭さま、司祭さま。たいへんですぜ。いまこの目で見てきたところだが、キハーノの旦那がまたやらかしたようです。故郷でじっとしているって約束が、やっぱり守れなかったんですよ。結局、性分ってものなんですかね。墓場でずっと寝ているってのが我慢しきれなくなって。またぷいっと姿を消して、相変わらずの遍歴の旅にお出ましってわけだ。いやそれにしても、あの方の粗忽ぶりには、このあっしでさえ呆れますよ。ご自分が死んじまったことさえ、忘れちまっているんですから。

司祭と得業士は、床屋の言い分を一笑に付すが、次々に集まってくる村人は、床屋の意見に賛同する。そう、あの人ならやりかねない。アロンソ・キハーノは蘇った。そして再び放浪の騎士ドン・キホーテとして、第四の遍歴に出発したのだと。村人たちはそう言い募る。

司祭は信仰上の立場から、得業士は医学的な見地から、説得を試みるがうまくいかない。村中が蜂の巣を突いたような騒ぎになる。と、そこに三人の騎士が通りかかる。

最初の騎士は白馬に乗って、王冠を被り、手に弓を携えている。二番目の騎士は赤い馬に乗り、大きな剣を持っている。三番目は黒馬に乗って、手に天秤をぶら下げている。実物の馬にまたがっているわけではない。腰のあたりに馬の被り物を装着していた。馬の頭部が、ちょうど股間から突き出たようなかたちで、勃起したペニスに似ている。歩く度にそれが上下に揺れる。三人はよちよちと舞台中央に進み、最初の騎士が口を開く。

白馬の騎士：かくも遠い国、隔たった地に、よく来たものだ。わがことながら驚きを禁じえぬ。

しかしこれも主の命なればこそ。詳細こそ聞きそびれたものの、貴い使命に違いあるまい。（近くにいた村人に向かって）ややあ聞け、そこな村人。われらは侯爵夫人の命により、ドン・キホーテなる遍歴の騎士を探す者である。調べにより、この村がそやつの故郷であることはわかっておる。隠し立てをするとためにならぬぞ。包み隠さず申し述べるがよい。

村人1：ああ、騎士さま。キハーノの旦那でしたら、ちょうどその話でごった返していたところで。しかし一足遅かったようですよ。

白馬の騎士：いやいや、違うぞ。われらが探しているのは、そのキハーノ何某というものではない。ドン・キホーテと名乗る騎士である。

村人1：ですからそのキホーテさまが、キハーノさまなわけで　。

白馬の騎士：わけがわからぬ。

　黒馬の騎士が進み出て受ける。

黒馬の騎士：つまりそのキハーノというのが、われわれの探すキホーテであるということだな。二人は同一の人物であると。あるいは二つの人格が、交互に発現するということか。たしかに昨今、そういった趣向も珍しくはないと聞くが――。

村人1：へえ。まあむずかしいことはよくわかりませんが。おおよそそんなところでしょう。キハーノさまは、もともと本が好きな郷士さまでした。ですが読書に夢中になるあまり、ご自分を騎士道物語の主人公だと思い込んでしまったようなわけで。それで本のなかの騎士がすることを真似て、遍歴の旅に出てしまわれたんです。

黒馬の騎士：その主人公がつまり《ドン・キホーテ》というわけだな。

村人1：はい。しかし今度の騒動はこれよりもずっと奇怪でしてな。なにせキハーノさまは一度お亡くなりになっているのです。三度目の遍歴の後で、村に帰っておいでになって、そのまま病の床につかれて、あっけなく――。葬式には、わたしも出ましたんで、間違いねえですよ。遺体はきちんと教会裏の墓地に埋められなすったんです。ところが今朝、その墓がからっぽになっているのがわかって大騒ぎというわけでして。

黒馬の騎士：それはまた面妖な話だが。単なる墓荒らしということではないのか。

村人1：いいえ。どうもそうではないようなんで。床屋のおやじの言うことにゃ、キハーノさまのことだから、ご自分が亡くなったことも忘れて、墓から出ていっちまったんじゃねえかと。でもそれで問題なのは、キハーノさまは一度死んでなさるわけで、なら出ていったのはキハーノさまではなくキホーテさまの方ではなかったのかってことですよ。ですがそもそもキホーテさまはお話のなかの主人公であって、一度も死んでおられぬわけでしょう。だったら墓に入っていたというのもおかしな話になってくるわけです。ねえ、騎士さま。そんなこと考えていたら、わたしゃますますわからなくなってきちまったんですよ。そもそも人は死んだらどこへ行くのでしょうか？

赤馬の騎士：こうしてみればわかるだろう。

無言だった赤馬の騎士が、ずいと進み出る。剣を一閃。村人1は叫び声を上げて倒れる。赤馬の騎士は、そのまま次々に村人を襲う。一閃のたびに村人は倒れる。あたりはたちまち阿鼻叫喚の巷と化す。逃げまどう者どもは背後から斬る。命乞いをする者どもは正面から斬る。広場には、あっという間に屍の山ができあがる。最後に残っていた司祭、得業士、床屋の三人を仕留めると、村にはもう生きているものはいない。

黒馬の騎士：なにもここまでしなくてもよかろうに。

赤馬の騎士：おれはこういう面倒くさい連中が嫌いだ。ああでもないこうでもないと能書きばかり垂れやがって。肝心なことはなにひとつ決められねえ。こんな奴ら相手にしていたって時間の無駄だぜ。

白馬の騎士：しかしこれでもう死人に口なし。手がかりはなくなってしまったな。

赤馬の騎士：手がかりならもう十分だろうが。おれらが探しているのは、ちょっとばかり頭のいかれた、哀れな男さ。騎士でもないのに、自分が騎士だと思い込んでいる間抜け。それがわかっただけでもう勝ったようなもんだ。そうだろう。そんな奴、おれらのようなほんものの騎士の相手じゃないんだ。さあとっとと行こうじゃねえか。

白馬の騎士：だが行こうといってもどこに向かうのか。

赤馬の騎士：足の向くまま、気の向くまま。それでいいんじゃないか。なにせ相手は遍歴の騎士殿だそうだ。おれたちも同様に遍歴としゃれ込もうじゃないか。

黒馬の騎士：ミイラ取りがミイラになるという諺もありますがね。しかし他にこれといった方法もないようです。そういたしますか。

白馬の騎士：二人がそれでいいというのならかまわん。異議なしといったところだ。

赤馬の騎士：そうかい。じゃあ行くとしようか。

こうして三人の騎士は旅に出る。いなくなった偽物の騎士を探して。西へ東へ、あてどない彷徨が続く。行き当たりばったりの道行きである。だが三人とも元来いい加減な性格のようで、あまり気に病む様子でもない。むしろ楽しんでいるふうでもある。

そうこうするうちに街道沿いの村で、気になる噂を聞きつける。遍歴の騎士をテーマにしたアトラクションで、話題沸騰の宿があるという。三人はさっそくその宿を訪れることにする。

宿は城を模したつくりになっている。石積みの門構えは立派で、かたわらには衛兵の格好をした門番がぼうっと突っ立っていた。なかに入るとすぐ広い中庭があって、噴水の脇に騎士の甲冑が一揃い安置されている。奥から、城主の格好をした宿の主人が姿を現わして言う。

宿の主人：ようこそいらっしゃいました。みなさま。どうかごゆるりとご逗留を。おや、その格好は。ああ、お客さま方も、遍歴の騎士にあこがれるみなさまですね。いやいや。それはよかった。当宿は、そんな方々にはぴったりの宿でございますよ。

白馬の騎士：いや違う。われらは正真正銘、本物の騎士である。偽物を探して、諸国を旅して回っているところであるが。

宿の主人：そうでしょうとも、そうでしょうとも。ええ、ええ。そんな本物志向のお客様には、ぜひおすすめがございます。夜間を通じて、甲冑の不寝番を体験していただくコースでして。一晩徹夜を成し遂げますと、翌朝には叙勲式を催させていただく趣向です。いかがでしょうか。

黒馬の騎士：いや、そういう話ではなくてな。尋ねたいことがあるのだ。この宿にかつて、ある男が泊まったことがなかっただろうか。ドン・キホーテを名乗っていたはず。いや本名はアロンソ・キハーノというらしいのだが。われわれはその者を探しているのだ。

宿の主人：（表情を曇らせて）ドン・キホーテでございますか。たしかにその名には憶えがございますよ。さんざん騒ぎを起こしたあげく、宿代を踏み倒していったろくでなしでしたが。「遍歴の騎士が宿代を払うなどという場面は、どんな騎士道物語のなかにもあるまい」なんて屁理屈を申しましてね。そのまま支払いもせず、出ていってしまったんです。思い返しても腹立たしいことですな。

黒馬の騎士：そうか。それは災難であったな。

宿の主人：ええ。しかし転んでもただでは起きないのが、われわれ商売人というものです。わたくしは、あの男にヒントを得ましてね、宿をこんなふうに、城塞仕立てにしてみたのです。するとどうです。あっという間に大ヒットです。評判が評判を呼んで、わざわざ遠方から来ていただけるお客さまもあって。ずいぶん繁盛いたしております。損した分も取り戻せたうえ、おつりまできたようなものです。

黒馬の騎士：よかったではないか。それでそのドン・キホーテのその後については、なにか知っているということはないか。

宿の主人：そんなことは知りませんがね。あの男、あれからずいぶん有名になったようで、わたしなどは噂を聞くたびに、腸が煮えくり返っていたような次第で。それでもこのところは、とんと話を聞きませんや。おおかたどこかの荒野でくたばっていることでしょうよ。ざまを見ろといったところですね。それよりもお客さま、それほど本物の騎士気分が味わいたいのでしたら、乗馬体験コーナーもありますよ。こちらは別料金がかかってしまいますが。よろしければどうでしょう。

赤馬の騎士：くどいな。われわれこそが真実真正の騎士なのだ。これが証拠ぞ。見よ。

　赤馬の騎士は剣を抜くと一閃。宿の主人は叫び声を上げて倒れた。騒ぎを聞きつけ、駆けつけてきた門番も切り捨て、その他大勢集まってきた宿の人間をすべて切り伏せた。中庭にはたちまちにして屍の山が築かれる。

赤馬の騎士：おれはこういう奴らも嫌いだ。

黒馬の騎士：言うと思ったよ。

白馬の騎士：次に行こうか。

　三人が次に向かったのは森の奥だった。鬱蒼と茂る杣道《そまみち》をゆく一行。たどり着いたのは、小さな修道院だった。そこにはかつて、ドン・キホーテに恋をした女が身を寄せているのだという。案内された白い礼拝堂には、一人の修道女が座っていた。彫像のように身じろぎひとつせずに。やがて彼女は、ひどく静かな口調で話し始めた。

修道女：侯爵夫人のお使いでいらっしゃったとのこと。お懐かしい。そう、わたくしもかつて、夫人にお仕えしたことがありました。もうどれくらい昔のことになるのか、いまとなっては思い出すことが難しいのですが。

白馬の騎士：そこでかのドン・キホーテに出会ったわけか。

修道女：そうです。わたくしは、あの方の身の回りのお世話をする一人でした。そのころすでに、あの方の名は、広く世間に知れ渡っておりました。自分を騎士だと思い込む、滑稽な老人として。しかし、わたくしがじかに見たあの方は、そんな世評とは程遠かった。物憂げで、穏やかで、やさしく、とても知的な方でした。わたくしはあっという間に恋に落ちてしまったのです。

白馬の騎士：しかし彼は振り返らなかったという話だな。

修道女：そうです。わたくしは竪琴の旋律に乗せて、恋の思いを歌い上げました。しかしあの方は、困った顔をされるばかりでした。あの方には、そう、終生思いを捧げると誓った姫君がおられたのです。わたくしの思いは、はかない方恋でした。

黒馬の騎士：残念なことでしたね。貴女はそこで諦めたわけですか。

修道女：いいえ。すぐには引き下がれませんでした。その姫君がどんな方であれ、わたくしにもまだ機会はあるはずだと思って。しかし、ことの次第が明らかになるにつれて、考えを変えざるを得なかった。

白馬の騎士：それほどすばらしい姫君だったわけかな。

修道女：いいえ、それも違います。その姫君というのは、存在しないお人だったのです。つまりあの方の頭のなかにだけおられる姫君。だからどんな手練手管を使ってみても、かなうわけがないのです。そのことを知り、わたくしは深く絶望いたしました。いない相手に勝つ方法などないわけですから。

黒馬の騎士：彼はそれから、侯爵夫人の元を離れましたね。その後の彼の消息について、なにか見知ったことはありませんか。

修道女：わかりません。あの後わたくしは、心の傷を癒すため信仰の道に入りました。ですから、外の世界の出来事についてはほんとうに疎くて——。でもここで長い時間を過ごすうちに、わかってきたこともあります。それはこういうことです。わたくしたちは、いつでも不在のなにかによって生かされています。ちょうどあの方が、不在の姫君への思慕に駆られて生き抜いてきたように。だからわたくしもまた、いなくなったあの方への思いを忘れないでしょう。その思いは、神に捧げる祈りにも似ています。神もまたわたくしたちに、じかにその姿を示されることはありません。しかしわたくしたちはその存在を信じ、愛を信じることで生かされているのです。

赤馬の騎士：ひとつ質問がある。（剣を抜いて）ここに剣があるな。こいつは断じて不在なんかじゃない。これで切れば、お前は死ぬ。そのことに間違いはないか。

修道女：さあ、どうでしょう。それこそ神のみぞ知ることがらではないですか。

赤馬の騎士はその言葉を聞き剣を収める。それから三人で彼女を輪姦し、修道院に火を放つ。小ぢんまりした建物は、たちまちにして火に包まれて焼け落ちる。火はみるみるその勢いを強め、燃え広がって森一帯を焼く。馬を走らせ、高台に避難した三人は、遠くからその火を見つめる。

赤馬の騎士：不愉快だ。どういうわけか、おれたちは、どうも厄介なことに巻き込まれつつあるような気がするぞ。

黒馬の騎士：気にしすぎですよ。あなたらしくもない。

白馬の騎士：まあともあれ、次に行くとしよう。

次に三人が見つけたのは旅回りのサーカスの一座だった。道化師に案内されて巨大なテントのなかに入ると、侏儒《しゅじゅ》に巨人、せむし男や蛇女など異形のものたちが集まっていた。そのまんなかにいる毛深い獣人。近づいてよくよく見ると、それは猿だった。だがタキシードを着て、直立している。慇懃《いんぎん》にお辞儀までして、それから滔々と話しはじめる。

猿：こんにちは。壮麗なる騎士のみなさま。ようこそいらっしゃいました。みなさまをお迎えできて、嬉しい気持ちでいっぱいです。自己紹介をさせてください。ぼくは猿です。しかし単なる猿ではないです。もの言う猿であるわけです。

白馬の騎士：おお、この広い天と地の間に、かくも不思議なことがあろうか。この猿め、人の言葉を解するというのか。あるいは猿によく似ただけの人であるのか。

猿：猿と人とは、元来よく似たものではありません。ぼくはいったい、猿によく似た人であるのか、人によく似た猿であるのか。きちんと定めるのは難しいことです。遅めの朝食と早めの昼食を見分けるのが難しいように。

白馬の騎士：どうもやりにくい相手であるな。ところでお前がその言葉を、ドン・キホーテと名乗る騎士から学んだという話があるのだが。真実か？

猿：それはなにをもって「学ぶ」とするかの定義にもよりましょう。ですが、ぼくがかの騎士に出会ったことがあるというのは事実です。もうずいぶん昔のことですが。当時のぼくは、とある人形遣いに飼われていました。占い猿などと呼ばれ、詐欺の片棒を担がされていたのです。

黒馬の騎士：そのころ、きみはまだ言葉が喋れていなかったわけだね。

猿：そのとおりです。ぼくは人形遣いの合図のとおりに、彼の肩にしがみつき、なにごとか耳元に囁くようなジェスチャーを示していただけ。後は彼が、適当なでまかせを言って、それがあたかもぼくの予言であるかのようにふるまったのです。彼はそうして多くの客を欺くことに成功しました。そのうちの一人が、かのドン・キホーテであったわけです。

黒馬の騎士：なるほど。それできみは彼を見てどう思った？

猿：愚かな人だと思いました。騎士でもないのに、自分が騎士だと思い込むなんて。しかしある意味、ぼくはその愚かさをこそ見習ったのです。ぼくは彼の思い込みを真似て、自分が人間であると思い込んでみました。するといつしか後ろ脚だけで歩くようになり、言葉も喋れるようになっていたのです。おかげで飼い猿の身分から逃れることもできた。彼には感謝するべきなのでしょう。

黒馬の騎士：にわかには信じがたい話だがな。まさしく猿真似といったところではないか。

猿：しかし言葉というものはそもそも、そうした成り立ちをしているのではありませんか。誰しもが他の誰かの言葉を借りて、真似することから喋り出すでしょう。

黒馬の騎士：たしかに。一理あるね。それできみと別れたあと、ドン・キホーテはどこに行ったのだろう。知っていることはないか。あるいは得意の占いで当ててみてくれてもいいが。

猿：あいにくと、その後の消息は知りません。それにぼくには占いの力なんてないんです。あれはインチキだったのですから。ほんとうに彼の行方を占いたいのなら、喋る首でも探すことですね。彼なら知らないことはないはずです。

赤馬の騎士：喋る首？　なんだそいつは。どこにいる？

猿：それはぼくにもわかりません。ただなんでも未来を見通す力を持つ首だそうです。ぼくのインチキなんかとは違う。正真正銘の力です。

赤馬の騎士：ほんとうか。お前はほんとうに知らないのか？　いいか、人間はよくうそをつくものだ。だから猿真似のお前も、うそをついているのかもしれない。ちょっと確かめさせてもらおう。

言うが早いか、赤馬の騎士は猿を捕まえ地面に組み伏せる。そしておぞましい拷問を始める。サーカス一座は騒ぎ出すが、白馬と黒馬の騎士がこれを蹴散らす。仲間たちの目の前で、拷問は続いた。猿はキイキイと叫び声を上げ続けた。もはや人語を話す余裕はなかった。結局、命乞いさえままならず、自らの血だまりに沈み息絶えた。

赤馬の騎士：どうやらほんとうに知らなかったようだな。
黒馬の騎士：これじゃあもし知っていても話せなかったでしょうよ。
赤馬の騎士：猿の分際で、生意気な口をきくからだ。
白馬の騎士：しかしどうやら次の標的がわかったな。喋る首だ。そいつを見つけ出すことにしよう。

それからまた長い遍歴の旅が続いた。不屈の三騎士にも、さすがに疲労の色が見え始めていた。ささいなことで言い争いが起こり、一時は旅もこれまでかと思われた。しかしどうにか和解を得た三人は、肩を抱き合ってむせび泣く。困難な旅路は、結束をより強固なものにしていた。

そしてようやく。とある貴族の館に、喋る首が保管されていることがわかった。三人は変装し、貴族が催す舞踏会に紛れ込み、館の奥に侵入する。やがて館のもっとも奥まった部屋で、三人は首に対面する。それはテーブルの上に安置された生首だった。近づいていくと自ずと話し出す。

首：きみたち。きみたちが来ることは知っていたよ。これはあらかじめ約束された対面である。だからもう自己紹介の必要はない。わたしに訊きたいことがあってきたのだろう。それを言いたまえ。

白馬の騎士：ならば話が早い。すぐに答えよ。ドン・キホーテとは誰か？　そして奴はいまどこにいるのか？

首：彼はつまり、きみたちが探す第四の騎士ということになろう。だがいまの彼は第四の遍歴のさなかだ。きみたちがたどる旅路のはるか先にいる。

黒馬の騎士：ではどうすれば彼に追いつけるか。われわれはすでにずいぶん遠くまできてしまった。

首：哀れな騎士たち。不在の騎士を追いかけるうちに、自らが不在になりかけている。そのことが不安なのであろう。だがしかし恐れることはない。道はむしろ前方にある。第四の騎士を求めて、第四の遍歴の道を、第四の壁を突き破って進め。

赤馬の騎士：まるきりわからん。その第四の壁とはなんだ？

首：客席と舞台を隔てる透明なヴェールだ。ここをすり抜けて行けば、俳優と観客は一体となり、劇は世界と地続きになる。きみらには新たな世界が開かれるだろう。わかるかな、赤馬の騎士よ。単細胞のきみには理解しがたいかもしれないが。わたしにはわかる。わかるぞ。わたしにはなんだってわかるんだからな。きみが次になにをするのかについても、もちろんあらかじめ知っている。

赤馬の騎士：こいつ、なんだか癪に触るな。

赤馬の騎士は身を乗り出して、喋る首をむんずとつかんだ。そして大きく振りかぶって投げる。首は鋭い放物線を描き、客席に向かって飛んできた。まっすぐにわたしの元へと。わたしはとっさにこれを受け止める。

首は懐にすっぽり収まった。その瞬間、天井のスポットライトが一斉にこちらに向けられる。眩しすぎてなにも見えない。だが観客の注目が、一斉にこちらに向けられていることがわかる。

戸惑うわたしに首が言う。「**これからもっとひどいことになるから**」と。死んだ妻の声で。もちろん錯覚だ。錯覚でなければ、いったいこれはなんなのか。視線を上げると三人の騎士が舞台を降りて、ゆっくりこちらに向かってくるところだった。

靄《もや》のかかった頭のなかで、事物が少しずつ具体的な輪郭を見せはじめていた。意識が鮮明さを増してくるにつれ、過ぎ去った時の重みが、老人の痩せた双肩にのしかかってくる。「四百年、四百年」と、独り言《ご》ちる。憂い顔の騎士の憂いは深く、眉間の皺はいっそう深い。青白い顔が、よりいっそう蒼ざめていく。

「サンチョや、サンチョ。なるほどたしかに、四百年というのは長すぎたようだ。すべてが変わってしまったとしても無理はなかろう。しかしそれでもなお、お前は古い約束にしがみついておる。そうまでしてお前が求める王国というのは、いったいいかなる種類のものなのか？」

「旦那さま」と従者は答える。「そんな難しいことが、おいらにわかるわけがないでしょうが。そういうことをお考えになるのは、本をいっぱい読んだ旦那さまのような方のお役目ですが。おいらはただ、旦那さまに任された国を、ただしく統治するだけです」

「しかしお前もかつて、一度は島の太守を務めたのではなかったか？」

「ああ思い出してくださったのですね。そうです。そのとおりですが。あのときは、侯爵夫人さまがお膳立てしてくださったのですが。しかし言っちゃあなんですが、あれはちっともおいら向きの国じゃなかった。退屈な仕事ばかりで、島民どもはどいつもこいつもボンクラばかり。しまいには、さすがのおいらも愛想尽かして、ほっぽりだしてきちまったような次第ですが」

「そうであった。しかしいまさらながら、ずいぶん身勝手な言い分に聞こえるな。ならばいったいどんな国なら、お前の希望に沿えるというのか」

「ですからそいつを考えるのが、旦那さまのお仕事なわけで。なにせおいらは無知蒙昧で、そのようなことは考えも及ばぬ事柄ですので」

「だがそんな無知蒙昧の輩が、いかに判断するというのだ。わしが与えてやった国が、ただしいものか否かについて」

「それはもう、ひと目見ればそれで十分ですが。なにせおいらはここ四百年、ずうっとそのことばかり思ってきたんです。言ってみれば、最愛の恋人のようなもんです」満面の笑みで、従者は言い切る。

「恋人のようなもの、か――なるほど無知より強い武器はないな」老人の顔はこわばり、表情が消えた。遠い一点を見つめ、過ぎ去った時間に思いを馳せる。「サンチョよ、もちろんお前も憶えていよう。かつてわしが思いを寄せた姫君のことを。あれほど清らかで美しい愛は、他に知らない。しかしあれからはや四百年が過ぎた。彼女とて、もはやこの世の人ではあるまい。ああ、再び彼女に相まみえることはできぬものか」

「旦那さま、ご勘弁ください。そればかりはいかんともし難いですが」

「わかっておる。わかっておるとも。安心するがよい。それが叶わぬ願いということは先刻承知済みなのだ。致し方ないこと。甘んじて受け入れようと思う。しかしわしが信じられぬのは、あれほど思い焦がれた姫君の顔を、いま思い出すことができぬということなのだ。ああ、これが老いるということだろうか。時の流れとは、かくも無情なものであろうか――。そう、わしはお前に嫉妬しているのかもしれぬな。四百年の歳月を隔ててもなお、お前は変わらず、お前の国を追い求めている。だがわしは、かの愛しい姫君の、顔すら憶えていないのだから」

落胆し、うなだれる老人。従者はその肩にそっと手を置く。

「大丈夫です」と従者は言った。「大丈夫ですよ。それはちっとも旦那さまのせいなんかではありません。無理もない話ですが。旦那さまの思うような愛は、この世界からすでに消え失せちまってるんですから。誰にもそれを蘇らせることなんてできませんが。だからおいらたちは、代わりにいくばくかの気晴らしを購《あがな》うんです。せっかくですから、旦那さまに、よい場所をご案内しましょう」

主従は再び国道沿いを行く。やがて見えてきたのは巨大な城のシルエットだった。近づいてみると、のっぺりとした石造りの建物。両脇に背の高い尖塔を備え、そこから派手な垂れ幕が下がっている。

「おお」と老人は驚嘆の声を上げた。「これはまた見事な城塞。さぞや名のある領主の居城と見受けたが、どうか。それにしてもあの《業界屈指》《S級プレミア美女揃い》《九〇分二四八〇〇円》といった文言は、いったいなにを意味するものであるか——」

「こちらのお城は」と従者が解説する。「多くの遍歴の騎士が訪れる場所です。疲れた身体を美しい姫君が出迎え、もてなし、癒してくれる。ここはそういうお城なんですが」

二人は立派な門構えの入口から入る。なかには黒服の男が立ち、恭《うやうや》しくお辞儀をして迎える。只今はタイムサービス中であるという。老人にはなにがなにやらわからない。従者が手慣れた様子で指名を行う。待合室に通され、しばらくすると、奥から二人の姫が現われた。のっぽの姫君とずんぐりした姫君。二人とも丈の短いローブを身に纏っている。

「では旦那さま、どうかお楽しみを」従者はそう言い、のっぽの姫君を連れ個室へと向かった。残された老人は戸惑う。どうふるまえばいいかわからない。ずんぐりした姫君にうながされ、ようやく個室に向かった。

老人が通されたのは、ピンク色の部屋だった。浴槽と洗い場が空間の大半を占め、その脇に簡素な寝台が置かれていた。石鹸と湯気の香りが充満している。入るなり、姫君はそそくさとローブを脱いだ。下はなにも身に着けていなかった。彼女はそのまま、老人の着衣を脱がせにかかった。老人もなされるがまま全裸になった。そして中心がくぼんだ奇妙なかたちの椅子に座らされ、彼女に身体を洗われた。

身体のすみずみまで隈なく洗う、熱心な仕事だった。皺の寄った体表の全部、白髪交じりの陰毛の奥、とくに縮まったままの陰茎と、黒ずんだ肛門の周囲を念入りに洗った。二人はたちまち泡まみれになった。いったん湯で流したあと、彼女は今度は跪き、陰嚢から陰茎にかけて、そして亀頭の先端に向けて、丁寧に舌で舐めていった。

「泡の姫君。どうかそこまでにしていただきたい。どうやらこれ以上のことはできそうにない」萎《しな》びたままの陰茎を見下ろし、老人は悲しい声で言った。

「わたしが醜いからでしょうか?」泡姫もまた悲しそうな声で言う。

「そのようなことはない」老人は慌てて弁解をする。「しかしわしはいま、悲しみの色に染まっている。愛しい人を亡くしてしまった。その空虚を埋め合わせたかったのだ。そこで従者がわしを元気づけようと、この城に連れてきたのだったが。どうやら無駄であったらしい」

「そうでしたか。それは悲しいお話です。恋人とお別れになったのですか?」

「いや、別れたというのとは違うかもしれんな。よくよく考えてみると、わしはあの人の顔を、最初から知らなかったような気もする。その面影を求め、困難な旅を続けてきたというのに。そう考えると、なおさらやるせない気持ちになる。わしはいま無性に悲しい。この漠とした喪失感はなんだ。どうしてこんなに空しいのだろう」老人の目元に、大粒の涙が滲む。

「お気持ちはよくわかりますよ。じつはわたしも、愛しい人を亡くしたことがあります」

「おお、そうか。それはまた奇遇であるな。しかしさすがに相手のことは憶えているだろう」

「ええ、それはもう。なにせ不実な相手でしたから。あれはまだ、わたしが人魚だったころのことです。でもこんな話、信じてはいただけないでしょうね」

「いや、そんなことはない。聞かせてもらおう」

「ああ、あれはある嵐の晩のことです。難破した船から投げ出されたあの人を、わたしは助けました。あの人は、地上の国の王子さまでした。恋に落ちてしまったわたしは、もう一度あの人に会いたかった。だから魔女に頼んで、人間になる薬をもらったのです。薬のおかげで、わたしの尾鰭《おひれ》は二本の足に変わりました。わたしはその自分の足で、王子さまに会いにゆきました。ひと足ごとに、刃物を踏むような痛みを覚えながら。けれども魔女は、薬と引き換えに、わたしの声を奪ってしまっていたのです。ですからわたしは、あの人に、自分が命の恩人であると伝えることができませんでした。そして結局、王子は別の娘と結ばれてしまいました」

「ああ、なんと惨《むご》たらしい話であるか。それであなたはそれからどうした？」

「わたしはいまさら人魚に戻ることもできず、いわば地上と海に引き裂かれてしまいました。王子を殺し、その血を浴びれば、わたしの足は再び元通り尾鰭に戻ると言われました。でもそんなことできるはずがありませんでした。この世のどこにも、もはやわたしの身の置き所はなかったのです。だから海に身を投げました。波にもまれたわたしの身体は、だんだんと溶けて、透明になっていきました。最後は泡沫となって消えていくのです。わたしはそうして、人魚姫から泡姫になりました。こうして泡にまみれて働いてるのも、きっとそんな因果によるものでしょう」

「そうかそうか。事情は違えど、空しいところに変わりはないな。わしらはもっとわかりあえるのかもしれん」

「ええ。そうかもしれません。でもあなたなら、もっと多くの人びととわかちあうものがあるかもしれない。ここで仕事をしていると、多くの疲れた人を見ます。みんなわたしと同じような空虚を抱えて生きています。国の繁栄はあぶくのように弾け、虚しさだけが残されました。みんな自分がなにを求めて、なんのために生きているのか見失っています。あなたの言うその空しさはきっと誰しもが抱えているものです。あなたなら、彼らの思いをすくいあげてやることができるかもしれません――」

　老人は待合室に戻り、泡姫の言葉についてずっと考えていた。従者はずいぶん時間を経てから戻ってきた。湯気を纏って、頬を輝かせながら。いつもの赤ら顔を、よりいっそう紅潮させている。

「やー旦那さま、お待たせしてしまって。失礼しましたが。どうも今日は調子がよくって、一回、二回と立て続けでまだ収まりがつかねえで、ついつい延長三回戦に臨んでしまったような具合で。ははは。お恥ずかしい限りですが。それで、旦那さまはどうだったですか」

「サンチョよ」厳粛な面持ちで老人は問う。「お前は空しくはないのか。このような場所で、安易な快楽に溺れ、日々の憂さを晴らすばかり。自らの内なる空虚に向き合わず、その穴を埋めるための手立てさえ持たずに。誰もがそうして老いていくのか。やがて来る死を待つというのか。それでいいのか？」

「もちろんいいとは思ってませんが。しかし旦那さま、いったいどうしたっていうんです。急に真面目なことを言い出して」

「わしもどうやら本腰を入れて、お前の言う国を探そうかと思いはじめてな」

「ああそれでこそ、おいらの旦那さまですが。ではさっそく赴きましょうか。第四の遍歴も、ようやく本番に入ったわけですが」

探偵　Ⅳ

厄介な状況に陥ったとき、わたしは自分にこう言い聞かせるようにしている。まずは落ち着け。落ち着いて状況をよく見極めるんだと。探偵としてのわたしのモットーは、常に平静であれということだ。

人は狼狽すると、思いもよらぬ判断ミスをすることがある。だからいつも平常心を保ち、冷静な判断を下すことが大事だ。言葉にすると至極単純だが、およそあらゆる局面にあてはまる教訓と言える。曇りなき目で事態を見つめ、終始冷静にふるまわなければならない。探偵とは、人びとを真相まで導く、一個の透明な視座なのだから――。

とはいえもちろん、いつでも事が原則どおりに運ぶとは限らない。妻の声に、わたしはすっかりうろたえてしまう。意識はいまこの時をやすやすと飛び出し、何年も前の出来事に立ち返っている。そこは冬枯れの病院の中庭で、モザイク状に敷き詰められたタイルの上を、わたしと妻が二人で連れ立って歩いている。

景色はいやに鮮明だった。弱い陽射し、冷たい空気、落ち葉の匂い、どこか遠くで鳴く鳥の声。

そのひとつずつが、生々しい感触とともに蘇ってくる。実際にその場に身を置いているかのように。空には白い、真昼の月がかかっている。そういえばあのとき、われわれは月の話をしていたのだった。

「昨日テレビで古い映画を見たの。やたらに凝った雰囲気なんだけど、途中から急にB級に変わって、月の裏側の秘密基地からエイリアンが攻めてくるって話になる」

「へえ。それで地球側はどう迎え撃つのかな」

「知らない。見ていないから。途中で怖くなって見るのやめちゃった」

「そんなB級がどうして怖いんだ」

「内容自体は全然怖くないんだけど、その月の裏側っていうのを考えだすとものすごく怖くなってしまうの。たしかにそこにあるはずなのに、わたしの位置からは見えない部分」

「月の裏なら」とわたしは応じた。「衛星が撮った映像があるよ。ネットで検索すれば見つかるはずだ。見てみるといいよ。穴だらけで、あまりきれいとは言えないけれど」

「わたしは見ないわ、そんなもの。見たってしょうがないもの」

「見ておいた方がいいよ。誰かが言ってた。恐怖を克服するには、その源に立ち戻らなければならないって」

「裏側にはなにが隠されているの？」

「いや、じっさいのところなにも隠されていない。ほんとうに、なにもないんだ。荒涼たる死の世界が広がっているだけ」

「表側だけ見ていた方が幸せってことなのかしら」

「そうとも言えないな。水に映った月を取ろうとして、溺れ死にした猿の故事もある。むしろ表面の持つ魔力の方が危険かもしれない」

「ねえ、人類は月から来た種族だって話、聞いたことある？」

「いや、ないな」

「その話がほんとうなら、かぐや姫は人類の帰巣本能の現われかもしれないわ」

「姫君、きみはどこに帰りたいんだ？」

「わたしには帰りたいところなんてない」

「じゃあ、行きたいところは？」

「とくにないかな」

「もう少し暖かくなったら、外出許可を取って、どこか遠出しようよ」

「そうね。でも難しいかもしれないな」

「どうして？」

「わからない。ただそんな気がするだけ。**これからもっとひどいことになるから**」

そう言って妻は黙り込み、手先をかざして空を仰ぎ見る。うす曇りの空に、飛行機雲が見えた。それが徐々に薄れついに消えてしまうまで、長いこと辛抱強く見守っていた。真っ白な昼の月が、われわれをじっと見下ろしていた。

その次の週に妻は縊死した。報せを聞いて、わたしはため息を漏らした。絶望より、深い安堵に似た息だった。自分がおそろしく冷酷な人間であることを知った。わたしはどこかで、こうした結末が訪れることを知っていたのだ。いや、むしろ望んでさえいたかもしれない。病院から電話がかかってきたとき、わたしは別の女と一緒にいた。

わたしは血も涙もない人間だった。どうしてあんなことになったのか。いまとなってはもうわからない。わたしは後悔する資格すら持たない。過ちをただそうとすれば、そもそもの始めから始めなければならない。だがそもそもの始めはどこにあったのか。

そのころ、わたしはまだ若く、いまのようにペットを専門とする業者ではなかった。大手の興信所に所属し、さまざまな案件を扱っていた。わたしは若者らしく、一定の野心と功名心を持って仕事に臨んだ。じっさい、いくつかの事件を解決に導き、いくばくかの報酬と、そこそこの評判を得た。妻もまだ元気なころで、われわれは未来を楽観していた。

女の調査を依頼してきたのは、彼女の夫だった。年上の夫が若い妻の動向を疑い、探偵に素行調査を頼む。よくある話だった。抑えきれない嫉妬と猜疑心のなせるわざだ。そして往々にして、そうした疑惑は事実無根である場合が多い。

はたして彼女はシロだった。半年に及ぶ尾行調査のすえ、わたしはその結論に達した。わたしは依頼人にそのことを伝え、彼は不承不承の様子で報告書を受け取った。報酬は後日、きちんと振り込まれ、それでその仕事は終わった。

しかしほんとうのことを言えば、彼女はシロではなかった。いや、正確に言えば、途中からシロではなくなってしまった。調査の過程で、わたしは彼女に接触を試み、あろうことか関係を持ってしまったのだ。要するに、わたしが彼女をクロにした。彼女を黒く塗ったのはわたしだった。

不貞は二年ほど続いた。穏やかで、静かな関係だった。互いの生活には影響を及ぼさない。その前提で繋がっていた。妻が感づいていた可能性は低い。ただそのころから、神経の不調が続き、病院通いが頻繁になった。妻はほんとうに気づいていなかったのだろうか。そのことを考えるのはおそろしい。病気の原因は他でもない、わたしの行為にあったのかもしれないのだから。

妻の死後もしばらく、女との関係は続いた。しかし次第にぎくしゃくし始め、やがてほんものの破局が訪れた。関係が露見したのだ。彼女の夫は、やはり疑惑を捨て去ることができなかったらしい。別の探偵に依頼し、再度調査をさせていた。同業者の尾行に気づかなかったのはわたしの落ち度だが、つまりはそれが平常心を失うということなのだろう。

彼女はひどい暴力を受け、家を追い出され、わたしはわたしで職場を追われた。一連の騒動が過ぎた後で、われわれは一度だけ会った。そしてもうお互いの間に、どんな感情も残されていないということを確認した。二人とも驚いていた。あれほど周囲の人間を巻き込み、傷つけた関係が、かくも容易く解消されるということに。いったいあのころ、われわれはお互いのなかに、なにを見ていたのだろう。思い出そうとしたが無駄だった。

そうしてわたしは一人きりになった。探偵としてのキャリアは、すっかり駄目になっていた。わたしは依頼人を裏切ったのだ。職業倫理にもとる行為だった。弁解の余地はない。業界は意外に狭く、悪い噂はどこまでもついて回った。わたしを雇ってくれるところはなかった。だからしかたなく、独立して事務所を開いた。

便利屋まがいの仕事をこなしながら、わたしはどうにか生き残る術を模索した。結果、見つけたのが、労力のわりに報酬のよいペット探しの依頼だった。好きで始めた仕事でになかったが、何度か繰り返すうちに、どうにかこなせるようになっていった。意外にもそれは、わたし向きの仕事だった。そしていつしか、それがわたしの専門になった。

わたしはもう、生きていないのかもしれない。ときどきはそう思うこともある。わたしはいまでも仕事をこなし、食事を摂り、排泄を行い、性交をなす。ときには冗談を言うことだってある。しかしわたしの背後に広がるのは荒涼たる死の世界だ。水面に映ったその表側だけが、時折生じるさざ波のせいで、ゆらぎ移ろい漂うのだった。

わたしは血も涙もない人間だった。死んだ妻の声は、そのことを思い出させたのだった。

三人の騎士はわたしを取り囲み、がっしりとつかむと、舞台の上に引っ立てた。わたしは抵抗することができなかった。その場のすべての人間が、わたしを敵意の眼差しで見つめ、糾弾しているように感じた。首は床に転がったまま、にやにやとしてこちらを見ている。心身が共に麻痺して、恐怖で声を上げることもできない。耳の奥で熱い血の音がごうごうと鳴っていた。とめどなく涙があふれて視界が滲んだ。

しかしわたしは血も涙もない人間だった。だからそれはわたしではなく、他の誰かの涙のはずだった。眠られぬ夜にわたしの隣で、あるいは一人で、声も出さずに泣き続けていた、それは妻の涙だった。わたしの血管を流れる六リットルの血も、やはりわたしのものではなく妻のものだった。

わたしはロープで後ろ手を縛られ、舞台中央に立たされた。まるで被告だ。外部のどよめきが蘇ってくる。観客はみな、好奇の目を注いでいた。いったいなにが始まるのだろうと。裁きが始まるのだと、わたしは思った。数多の罪が俎上に乗せられ、それに見合う罰が下される。たぶんそうだ。最初は白馬の騎士が話す番だった。

「われわれは第四の騎士、ドン・キホーテを探すものである。かの者の姿を求めてはや幾年。長く苦しい遍歴の旅を続けてきた。しかしいったい、天に上ったか地に潜ったか、その行方は杳として知れない。だがわれわれはついに、有力な手がかりを得るに至った。それがお前だ。だが誰か？　お前はいったい何者なのか？　まずはそれから明らかにするがよい」

どう答えていいか、わからなかったので黙っていた。するとだしぬけに殴打を受けた。手加減なしの、ほんものの殴打だった。不意打ちを食らい、わたしは思わず床に膝をついた。口のなかが切れ、血が滴った。鉄の味が広がる。なにか声を上げようとしたが、舌がもつれてうまくいかない。白馬の騎士は、なおも苛立った様子で言う。

「まだ白を切るつもりなのか。みなとっくに待ちくたびれているぞ。喋る首はたしかに言った。お前がなにかを知っているはずだと。よく考えろ。そして思い出せ。人の記憶にはしばしば、致命的な死角がある。お前はなにか重大なことを忘れているのではないか。もしかしたら、おまえは変装したドン・キホーテ本人ではないのか。そのことを忘れてしまっただけで。さあ、正直に白状するがいい。そうすれば、命だけは助けてやらんこともない」

わたしは混乱した頭を整理し、ようやく「わからない」と言った。「ドン・キホーテなんて知らない。いや、知らないからこそここまで来たんだ。手掛かりを求めて。わたしはただの探偵に過ぎない」

「そんなはずはないぞ。ドン・キホーテを知らぬ者などない。騎士でもないのに、自分を騎士だと思い込む、頭のおかしい老人のことだ。われわれが出会った連中はみな、奴のことをよく知っていた」

「それは」わたしはなんとか気を取り戻して言った。「あなたたちの芝居のなかのことだ。わたしには関係がない。巻き込むのはやめてくれ」

「いやいや」と黒馬の騎士が割り込んできて言った。「あなたはすでに十分に巻き込まれていますよ。自分だけ埒外にいられると思ったら大間違いだ。あなたは誰です？　ただの探偵？　そんな馬鹿げた立場がありますか。わたしたちは抽象ではない。血肉を備えた人間なのです」

「わたしはわたしの依頼主の意向に従って動いている。つまり依頼を代行しているだけだ。役目に従って動き、考えて、振舞う。真相までたどり着いたら退場する」

「退場？　どこへ立ち去ろうっていうんですか？　この世の外にでも逃げ出そうと？　そうしたければ、首でも括《くく》るしかないでしょう。でも生きている限りは退場なんてありえませんよ。舞台の内と外、その境目は取り払われました。だから第四の壁を乗り越え、あなたをここまで連れてきたんです。いいですか、観ることによって、隠れてしまう世界があります。客席から観ているだけでは、観えない世界を探しにいくこと。その意味を考えてほしい。そこでは誰もが事件の当事者だ。誰一人として観察者ではいられない。こうなった以上、あなたももはや単なる観客ではありえない。つまりはそういうことなのです」

「つまらない理屈だ。しかも手垢に塗《まみ》れてる。世界は劇場、人は役者と言うんだろう？」

「いいえ。世界は劇場ではありません。劇場はいまや、演劇を閉じ込める牢獄と化した。われわれはこの牢を破って、劇を解き放ってやりたい。劇場の外に広がる市街へと。それこそが、わたしたちの望みです。そこには当然、観客席はない。つまり誰もが舞台の上にいる」

「観客のいない劇に、いったいどんな意味があるんだ？」

「違いますよ。一人ひとりが、役者であって観客なのです。両者はコインの裏表のようにひとつです。演じつつ観る。観つつ演じる。とはいえ肝に銘じておかなければならないことは、すでに台本など存在しないということです。つまりあらかじめ、割り振られたセリフなんてない。われわれはなんの準備もない状態で語り、振る舞い、歌うのです。そうやって二度と繰り返しえぬ出会いを演じ、別れてはまた出会うわけです。誰一人、この劇からは逃れられませんよ。ドン・キホーテを見つけるまでは。さあ、そろそろ知っていることを喋ってもらいましょう」

「知らない。ほんとうに知らないんだ。ドン・キホーテなんて奴は」

「こいつはどうやら」と赤馬の騎士が身を乗り出してきて言った。「痛い目をみないとわからないようだぜ。これだけ丁寧に訊いてやってるのに、まだ自分の立場がわかっちゃいねえ。そもそも役者としての基本ができていないんだよ。まずは心がまえから叩き込んでやらなきゃいかん。そうでないと使い物にならんな」

彼の言い分に、他の二人も頷いた。

赤馬の騎士が身を乗り出す。あけすけな暴力の気配を振りまきながら。わたしは咄嗟《とっさ》に身を翻した。だが試みはすみやかに挫かれた。赤馬の騎士はさっとわたしの行く手を遮ると、強烈な当て身を食らわせたのだ。わたしは床に崩れ落ち、のたうちまわる。ほとんどまともに息もできずに。さらに重たい蹴りが脇腹に刺さった。肋骨がいやな音を立てる。

「こっちだぜ」と赤馬の騎士が言う。わたしは担ぎ上げられ、ロープでぐるぐる巻きにされる。なにがどうなっているのかわからない。でも彼らが本気なことだけはたしかだった。いったいどこに連れて行こうというのか。鈍っていた頭が、ようやくまともに動き出す。警告を発する。これはほんとうに危険な状況だと。

だがそのときだった。不意に周囲が騒がしくなったかと思うと、天幕の外から人の群れがなだれ込んできた。警官隊だった。暗がりに沈む客席を縫って、舞台のほうに押し寄せてくる。サーチライトの強烈な光が、場内の闇を切り裂いた。スピーカーの割れるキーンという音が響く。警告の声が発せられる。全員その場を動くなと言う。

警告の有無にかかわらず、わたしには動きようがなかった。しかしわたし以外はみな一目散に逃げだしていく。蜘蛛の子を散らすように。舞台裏でも、ばたばたとあわただしい足音がした。背景の書き割りが、巨大な音を立てて倒れる。倒壊したベニヤを踏みしだきながら、警官隊はさらに押し寄せる。

すんでのところでの救出。わたしの置かれた状況からすれば、そういうことだったかもしれない。だが素直には喜べなかった。そもそも彼らが、ほんものの警官であるのかどうかもわからない。これもまた馬鹿げた劇の延長なのかもしれないのだ。これまでの経緯も含めて、わたしを巻き込む劇全体が、相変わらず作動し続けているのかもしれなかった。

出来事はしばしばわたしたちを巻き込み、わたしたちの意志を無視して翻弄する。事態が思いもよらぬ展開を示し、あまりにも不条理に思われるとき、わたしたちにできることは少ない。なにひとつできることがない、その無力感が深い落ち着きとなってわたしを捕らえた。わたしはただ成り行きを見守っていた。

警官たちはわたしをそのまま舞台から運び出す。ロープで巻かれているのをいいことに、ほとんど大道具並みの扱いだった。屋外に運ばれ、そこに停車していた装甲車に放り込まれた。車内にほかの人間はいない。みな逃げおおせたのか。ただ一人無関係なわたしだけが、いまはこうして囚われている。ずいぶんと理不尽な話だ。

しかしわたしは、ほんとうに無関係だったのか。そもそもわたしは、なにかと関係していると言えるのか。よく考えてみるとわからなくなった。不意にあの騎士の問い掛けを思い出す。お前はなにか直ぐなことを忘れているのではないか？　そうかもしれない。でもだったらどうだっていうんだ。そもそもお前らこそ何者なんだ？

最初の訴えは、都内在住の母親からなされた。二十歳になる息子が行方不明だと。友人と一緒に芝居を見に行って以降、帰宅していない。その友人に聞くと、劇が終わって役者と客が入り混じるロビー、その雑踏ではぐれてそのままだという。

理由も経緯もわからない失踪。当初は単純な家出人捜索かと思われた。だが、そうではなかった。数か月後、青年は発見された。劇団の一員として、各地を公演して回っている最中だった。彼は劇団の面々と意気投合し、一緒についていくことにしたのだという。

これだけなら、若者の自分探しのエピソードとして終わる。だが問題は、探すべき自己が、すでに失われていたということだ。発見されたとき、彼はもう自分が誰かを憶えていなかった。そのとき演じていた役になりきり、それ以外の記憶を抹消していた。それが劇団固有のスタイルだった。

やがて特異な訓練の実態が明るみになった。団員になるものはまず、己を虚ろにすることから始めなければならない。演技や発声の練習は二の次だった。自分自身をからっぽの容器にすること。演じるという自己意識を捨て去ることが第一だった。そのために、さまざまなプログラムが課された。

たとえば、他のすべての団員の前で行われる懺悔と告白。新入りはまず、自分がこれまでの人生で犯した罪の数々、心に抱いた許されない欲望のすべてを、全員の前で包み隠さず語らねばならない。彼は己が罪と欲望を数え、それぞれに言葉を与えて送り出す。

最初、自分がそれほど罪深い人間だと思う者は少ない。だからそんなに話すことがあるとは思えない。しかしいざ始めてみると、言葉はとめどなくあふれてくる。雨粒のような告白はやがて、せせらぎとなって川に流れ込む。すると川は濁流と化して、流域のすべてを巻き込みながら、広大な海原に向け吐き出されていく。

自分がしたこと、しようとしたこと、しようとしたけどしなかったこと。各々の領域は相互に溶けあい、ついには見分けがつかなくなる。どこまでがほんとうで、どこからがうそか、話している本人ですらもうわからない。ただ、それらの罪にまつわる罪悪感、それだけは本物だった。みな自分が、いかに罪深い人間であるかを思い知る。自分が最低の人間であったことを知る。

新入りは地べたに這いつくばり、涙を流して許しを請う。後はただ懺悔することしかできない。それに対して、他のメンバーが罵倒を始める。その場にいるすべてのものが、罪を詰《なじ》り、罵り、唾を吐きかけてくる。おまえには生きる価値がないと断じる。そのとおりだと新入りは思う。自分は最低の人間なのだからと。そのまま涙が枯れるまで泣き続ける。

その後で、みんなは許してくれる。お前の罪は、みんなの罪でもあると言って。みなで彼あるいは彼女を持ち上げ、胴上げをする。それから抱き合って全員で泣く。新入りは自分の罪が洗い流され、魂が浄化されていくのを感じる——。

そこまでが第一段階だった。プログラムは以後、個別の過程に入る。箱のなかで完全な死体を模倣する訓練。樹木のように地面に根を張り動かないでいる訓練。三日三晩、壁に向かって話し掛ける訓練。筋書き通りの夢が見れるようになるまで眠り続ける訓練。いくつもの課題をこなすことで、一人前の役者として完成されてゆく。彼あるいは彼女はもはや、いかなる個別性も持たない、演じるための機械と化すのだ。

「つまりそんなふうにして」と刑事は言った。「洗脳してしまうわけですな。自分が誰かもわからなくしちまうわけで。いや、そんなことってありえない。あんたはそう思っているかもしれない。でもね、同じような事案がじっさいいくつも起こっているわけでね。訴えも複数上がってきてるんだ。それで何人もの被害者の証言を重ね合わせていくと、どうもそういうことになるわけだ。なにか違法な薬物を使って、幻覚を見せているんじゃないかと。わたしらとしてはそう睨んでおるが――」

そこまで言うと、彼は再び煙草に火を点けた。ひっきりなしに吸っている。中年の刑事だった。黒目勝ちの眼と、濡れた鼻と、硬そうな髪と、筋張った大きな手を持つ。大きく息を吸い込んでから、うまそうに吐き出した。取調室の壁には脂《やに》が染みつき、全体に黄ばんで見えた。

わたしはあの、喋る首のことを考えていた。あのとき首は、わたしに向けてたしかに喋った。死んだ妻の声で。あれはやはり幻覚だったのか。だとしたら、わたしもなんらかの薬物を投与されていたのか。気づかぬうちに。しかしいったいどこで、どのタイミングで？

「なにか思い当たることがある様子だね」刑事はにやりと笑って言った。

「いいえ、とくには。でもまったくありえない話ではないと思います」

「ほう。あんたもそう思うか。いやいや、わたしの目に狂いはなかったようだね。まあここまで話したんだから、代わりにそろそろ、あんたの知っていることを教えてくれても罰は当たらないんじゃないかと思うがね」

「そうは言っても、わたしから話せることはありませんよ。さっきから説明してるように、わたしがあの場所に居合わせたのは偶然です。観客として、舞台を見にきていただけなんです。そこでいきなり強引に舞台に引き上げられて、意味のわからない対話の相手をさせられた。それだけです。そこにあなた方が踏み込んできた」

「いやいや」刑事は言って、わざとらしくため息を吐いた。「どうも堂々巡りですな。こちらもね、そんな説明で納得するわけにはいかんのですよ。はいそうですか。それはたいへんでした、お疲れさまです。どうぞお帰りくださいってわけにはね。だってそうでしょう。踏み込んだとき、あんたは舞台のど真ん中のいちばん目立つところにいた。しかも他の観客に訊いたところじゃ、連中と丁々発止でやり取りをしていたっていうじゃないか。これなんか、ただの観客にできることとはとうてい思えないんですがね」

「だからそれが、連中のやり口だってことでしょう。さっきの話にもあったように、観客を無理やり自分たちの側に引き込んで、有無を言わせず従わせてしまう。そういう危険な奴らなんです。わたしも縛られ、足蹴を食らった。傷跡だってまだ残っている」

「そうですよ。あいつらはれっきとした暴力集団、犯罪集団だ。劇だかなんだか知らんが、やっていることは人攫《さら》い、詐欺、恐喝、監禁といったあれこれなわけでね。すでに複数の訴えが出されているんだから。わたしらとしても本腰を入れて捜査に踏み出したところだったんだ。それが空振りに終わったじゃ面目も立たんでしょうが。ね？　だからあんたにも、こうして協力を頼んでいるんだよ」

「あなた方の都合は知らない。とにかくわたしは無関係だ。これ以上、話すことなんてない」

「そんな殺生なことは言わずに。じゃあせめて、これだけは話してくれませんかね、探偵さん。あんた、ほんとうはあの場に偶然居合わせたわけじゃない。そうでしょう？　なにかの仕事絡みで来ていたんだ。つまり劇団の連中に探りを入れようとして。違いますか？」

「仮にそうだとしても、依頼にまつわる内容には守秘義務がある。だから答えることはできない」

「やっぱりなにか隠しているわけだね」

「隠してなんかない。あくまでも仮の話ですよ」

「仮の話ねえ。しかしねあんた、そんなのが通用するほど警察は甘くないですよ。だってこんなのは市民の義務でしょうが。なんなら正式な事情聴取で、もっと厳しくやってもいいんですよ」

「だったらそうすればいい。わたしとしてはこれ以上、話せることなんてない。時間の無駄だと思うけどね。お互いにとって」

重苦しい沈黙が下りた。わたしはただ時間が経過するのを待った。膠着を破ったのは、ノックの音だった。若い刑事が入ってきて、中年の刑事を手招きし、ドアの外で耳打ちをする。彼の横顔が、みるみるこわばってくるのが見て取れた。うつむいたまま、しばし唸る。やがてわたしのところに戻ってくると、絞り出すように言った。

「あんたね、もう帰っていいですよ。でも、わたしは諦めたわけじゃないから。そのことだけは憶えておいたほうがいいな。わたしはね、こう見えても執念深いほうだ。あんたはなにか重要なことを隠している。それがわかったから、こうして長々と話をしてきたわけだが。それがこんな邪魔が入るとはね。それこそあんたが、なにか重要な案件にかかわってる証拠だと、わたしとしては考えるけどね。むしろ疑いは強まったと思ったほうがいい。それだけは憶えておいたほうがいいな――」

警察署を出ると、外はもう夕暮れだった。時間感覚のブレがひどい。一晩拘束されただけなのに、数日ぶりの解放に思えた。全身が激しい運動の後のように気だるく虚脱していた。早く帰って横になりたかった。でもすぐに携帯が鳴りだした。

「お勤めはどうでした？」と依頼人は言った。

「勤めというほどのことではありません。たしかに少し疲れたけども。それにしてもよくわかりましたね」

「われわれは多くの耳と目を持っているの。警察の動静くらい簡単につかめる。もちろんあなたの動きも含めてということだけれど」

「背筋の寒くなる話です。でもありがとう。弁護士を入れてくれたのはあなたでしょう？」

「どういたしまして。そんなことは、わたしが指示するまでもなく処理されるから。それより肝心なことは――」

「もちろん、叔父上のことはひと言も喋ってません。仕事絡みだということ自体を伏せた。あくまで偶然を装ったんです。だから余計に疑われたようですが」

「そう。それは悪かったわ。迷惑かけた分はいずれ埋め合わせましょう」

「いいえ、これも仕事の一環なので。しかしひと騒動でしたが、なんの手掛かりもつかめませんでした。面目ないことです」

「その劇団の連中は無関係だった？」

「それもわからないんです。彼らの台本によると、ドン・キホーテというのは頭のおかしい老人のことらしい。自分のことを騎士だと思い込んでいる。彼がいなくなって、他の騎士たちがその行方を追っている。そんな内容でした。しかしこちらの案件とどう関係するかというと、どうとも言いようがない」

「でもその筋立て、まるでいまの状況をなぞっているようにも聞こえるけれど。行方不明の老人、それを追うわたしたち――」声にはどこか、事態を面白がっているような気配があった。わたしは少しむっとして答えた。

「あちらのはもっと突飛で荒唐無稽ですよ」

「いずれにせよ、あなたにはもう少し、その線を追ってもらおうと思っています。ただ残念なことに、こないだ話した叔父の書斎の手掛かりは消えました」

「なにも見つからなかったということですか？」

「いいえ。その書斎自体がなくなってしまった。焼かれてしまったの。こちらもひと騒動だったわけだけれど」

「どういうことですか、焼かれたって」

「なにものかが侵入して、ガソリンを撒いて火を点けたの。じつにあざやかな仕事」

「そんなことが可能なんですか。あなた方のセキュリティを掻い潜って」

「可能もなにも、事実だから受け入れるしかないでしょう」

「余計なことを言うようですが」わたしは少し躊躇ってから言った。「大丈夫なんですか？　なにか諍いが生じているというようなことは。たとえばグループ内のいざこざといったようなこととか——」

「それはあなたが考えることじゃない」彼女はぴしゃりと言った。

「それはそうですが。しかしもし事態が深刻化すれば、余波はわたしのところまで及んでくるかもしれない」

「そんなことはありえません。わたしがさせないと言っているんです。だからあなたは安心して自分の捜査を続ければいい」

「そうですか。ではそうさせてもらいます。しかし書斎の方が駄目になったとなると、次の打ち手が見当たりませんね」

「いいえ。実は一人、あなたに会ってほしい人がいます。件のドン・キホーテに詳しい人物が見つかったということなので」

「何者ですか？」

「専門家、だそうです」

　主従は再び旅路に戻った。しかしもう足の向くまま気の向くままというわけにはいかない。方針を見定めるべきときが来ていた。

「それでそれで」と従者が訊ねた。「旦那さまはどうなさるおつもりで？　どうやって、おいらにふさわしい国を見つけてくださるので」

「わしが思うに」と老人は応じる。「国というものは、これこれこういう手順を踏めば手に入るというものではない。そんなふうに、どこか遠くにある目的ではないのだ。そうではなく、もっとわしらの内側にあって、わしらの行いのなかから、自ずと現われるなにかではないだろうか」

「ほうほうほう。おいらには、難しいことはよくわかりませんがね。しかし旦那さまのおっしゃることはいちいち含蓄が深い」

「だからまずは、己が身をただしく律しなければならん。しかして正義を行わなければ。それこそが騎士たるものの務めではないのか」

「なるほど。それはいかにも、ごもっともなお話ですが」

「そもそも四百年前のあのころですら、すでに騎士道の精神は失われていた。だからこそ、どこまでも騎士らしい騎士だったわしは諸々の苦難を被《こうむ》った。そうではなかったか？」

「ええ。そりゃあまあ、そうですがね」

「つまりそれだけ崇高な精神が廃れ、諸悪と闘う気概が失われていたということだ。だからこそ、わしのような男、正真正銘の騎士が必要とされていたのではないか。この世の不義を正すために。いまこの時代に、再びわしがよみがえったことにも、それなりの意味があるということだ。違うか」

「なるほど、さすがはおいらの旦那さまですが。ですが旦那さま、そもそもその正義ってやつはなんなのでしょう。おいらはよくわからなくなっちまいます」

「悪と戦い、不正を正す。それが正義ではないか。どこにわからないことがあるのか」

「おいらがわからないのはですね、その悪と正義の見分け方ですが。どこまでが悪で、どこからが正義か、それを決めるのは旦那さまなわけでしょう。ですが旦那さまが悪と思ったものが、他の誰かにとっては正義であったり、他の誰かにとっての悪が、旦那さまにとっての正義であったり。そんなことがあった場合はどうしたらいいんですかね」

「ふむ。それはたしかに厄介であるな。しかしわしは真実の騎士だ。自らの行いに照らして判断できよう。たとえばそう、いかなるときも、騎士は弱きを助け強きを挫く。これは疑いようのない正義ではないか」

「ええ。それはそうですが。ですがいつだったか、旦那さまは羊飼いの少年を助けたことがあったと言っていたでしょう?」

「おお、憶えているぞ。あれは最初の遍歴の途上で見つけた子供だ。雇い主の農夫から不当な罰を受け泣いておった。だからわしはそのいましめを解いてやったのだ。そして農夫を問い詰め、二度とこんな仕打ちをせぬよう懲らしめてやったものだ」

「ええそれはもう、立派な振る舞いでしたでしょうが。しかし後でわかったことは、あの少年は旦那さまがいなくなった後で、もっとひどい折檻を受けていたそうですよ」

「なに、そんなことがあったのか。それはけしからんことだ。あの農夫め、許せんぞ」

「許せんもなにも、旦那さまはそうやって、都合の悪いことは忘れてしまわれるところがありますが。いいえ、旦那さまを責めているわけじゃないんで。ですがそんなふうに、よかれと思ってしたことが、いっそう物事を悪くする。そんな場合もままあるということで」

「だからもう、正義と悪の区別がわからんというのか」

「はい。旦那さまがおられなかった四百年の間、ずいぶんそんな厄介を見てきましたが。それどころじゃありやせん。正義のためにあえてなされる悪があったり。昨日の悪が今日の正義に変わっていたり。悪と悪が争うなかから正義がぽろっと生まれ落ちたり。それはもう滅茶苦茶なんです。おいらとしても、すっかりわけがわからなくなっちまっているんですが」

「むう。お前の言うことはわからんではない。しかしいかなる道理もなしに、人が生きていくことは難しい。昨今の民はなにを頼りに、事物に区別を設けているのか？」

「ああそれは、ひとことで申すのは難しいのですが。ですがあえて言えば、味方と敵の区別ということになりますが」

「ふむ。それは味方に属するものが正義で、敵に属するものが悪であるということだな。しかしその道理で行くと、味方と敵の区別もまた、見分けづらいものであったりするのではないか？」

「ええそれはもう。味方のふりをした敵がいたり、敵のふりをした味方がやっぱりじつは敵だったり、二重三重になってる場合もあってたいへんです。だからこそ旦那さまのような方に、びしっと区別をつけていただきたいのですが。世間に正義を知らしめるためにも」

「うむ。たしかにそれこそ、真実の騎士の役目かもしれん」

主従が話しながら進んでいくと、遠くに喧騒の気配があった。大勢が争う物音が響き、砂埃が上がっているのが見えた。不審に思った二人は、急ぎその場所に向かった。

少し離れた高台から見ると、争いの構図は知れた。中心にいたのは馬を駆る三人の男。それぞれ赤白黒の馬にまたがり、立派な騎士のいでたちをしている。その周囲を取り囲むのは制服の部隊。鉄製の盾を構え、遠巻きにしながら徐々に距離を詰めていく。

趨勢《すうせい》は明らかだった。部隊はじりじりと包囲の輪を狭めようとしている。一方、騎士たちは巧みに馬を操りながら抵抗を続ける。劣勢を挽回しようと試みているが、逆転は難しそうな気配だ。

「サンチョ、見ろ。あの騎士たちの姿を。あれはわが同胞ではないのか？」

「いいえ旦那さま、たしかに旦那さまの遍歴には、幾人かの騎士の方々がつきものでしたが。緑の騎士、鏡の騎士、銀月の騎士と、その全員をおいらは忘れちゃいませんが。ですがあの方々のことは、とんと憶えがございません。どこかよそから来た人たちじゃないですかね」

「どこから来ようが、そんなことは関係なかろう。ああして騎士の装いをしているからには、ともに騎士道を歩む者であることに間違いあるまい。それに比べて、あの奇妙な制服連中はなんだ。どこぞの傭兵部隊であろうか。あのように数を頼りにして。じつに卑怯な戦いぶりではないか」

「あれは警官と呼ばれる輩で。仮にもこの世の正義の代行者ですが」

「なんということだ。あれがこの世の正義の姿か。ずいぶんと醜悪な正義ではないか。ということは騎士たちの方が悪ということになるのか？」

「今の世ではそうなりますが」

「信じられん。だがあのように、苦しんでおる同朋の姿を見ているのは忍びない。ここで見捨てたとあっては、わしの名が泣こう。サンチョ、加勢に向かうぞ」

「よろしいんですか。おいらたち、悪に加担するってことになっちまいますが」

「かまわん。先ほどお前が申したように、正義と悪が曖昧であるなら、味方と敵で考えるしかない。わしは騎士で、彼らもまた騎士。これ以上の手がかりがあろうか。案ずるより産むがやすしだ。ゆくぞ」

老人は勇んで急な斜面を駆け下りていく。従者もそれに従った。

がむしゃらに棒を振り回す主人。黒ずんだ鉄塊を振りおろす従者。突如現れた闖入《ちんにゅう》者によって、部隊は不意打ちを受けた。たちまち四人が打ち倒される。指揮は乱れ、連携はもろくも崩れ去る。パニックが広がっていった。

威嚇の声が飛んだ。止まらないと撃つと。しかしその声より先に発砲があった。複数の銃器が火を噴いた。乾いた銃声が相次ぐ。老人は一瞬、身を縮めて目を瞑る。だが次の瞬間、自分がいったん死んでいたことを思い出した。それで逆に大胆になった。ますますしゃにむに暴れだした。再び複数の銃声。弾丸が空気を切り裂いて飛び交う。しかしそのいずれもが老人の脇を通り抜けていく。すでにもう死んだ自分に、命中する弾などあろうはずもない。奇妙な高揚に包まれた彼は、状況も鑑みず大声で呼ばわる。

「ああ我こそは遍歴の騎士。通りがかりの身だが、同胞の困難を見て助太刀いたした。これもまた騎士道の習い。傭兵ども、よく聞くがいい。我の名はドン・キホーテ。この名をよく胸に刻んでおくがよい」

「ドン・キホーテだって？」と誰かが言った。部隊からではなかった。彼らが取り囲む中央。三人の騎士の方からの声だった。赤馬の騎士が改めて叫んだ。「あんたがあのドン・キホーテか？」

「いかにもさよう。騎士のなかの騎士。真実の騎士。それがこのわし。つまりドン・キホーテその人である」

探偵 V

待ち合わせ場所は、シティホテルのラウンジルームだった。席に着くと、ウェイトレスが恭《うやうや》しい仕種でおしぼりを手渡してくれる。わたしはコーヒーを注文してから、周囲を見渡した。豪奢な店内は満席に近い。スーツ姿のビジネスマンが目立った。みな熱心な商談の最中。あとは身なりの良い年配のご婦人たちが何組か。いずれもわたしが、ふだんあまりかかわることのない人びとだった。居ずまいをただし、腕時計を見た。約束の時間までにはまだ少し間があった。

コーヒーが運ばれてくるのと、彼が姿を現わしたのは同時だった。背後から名を呼ばれ、振り返るとそこに彼が立っていた。思っていたよりもずっと若い。四十前後といったところか。こげ茶色のジャケットを着て、ベージュのチノパンをはいている。長身痩軀で手足は長い。肌はよく陽に焼けて黒く、シャツの隙間からは剛毛が覗いていた。わたしはとっさにゴボウを連想した。いましがた地下から掘り起こされたばかりの根菜を。

「すまない。待たせたね」と言い、彼はわたしの前にどさりと座った。

「いいえ、いま来たところでした。しかしよく、わたしのことがわかりましたね。これだけ混みあっている店のなかで。電話していただければよかったのに」

「携帯は持ち歩かない主義なので。それに、あなたのことはすぐにわかるよ。平日昼間のホテルのラウンジに、探偵さんが一人でいればね」彼はそう言うとにやりと笑った。

「そうですか」わたしも笑った。断定的なもの言いは少し鼻についたが、悪意は感じない。「しかし探偵がいつも、物語のようないでたちをしているとは限りません。現にわたしだって今日はいたって普通の格好だ」

「たしかに。しかしまあ、雰囲気からして堅気ではないからね。こういう場所ではすぐに目に付く。まして、あなたは、ずいぶん奇妙なことに関心を持っているようだ」

「ええ、まあ。今日はそのことで先生にご足労いただいたわけで」

「ドン・キホーテのことだね。たしかに、専門外の人から尋ねられるのは珍しい話題だ」

彼の分のコーヒーが来るまでの間、わたしたちは名刺を交換した。とはいえすでに互いの身元は承知していた。彼は都内の大学でスペイン語を教えている。教授ではなく、専任講師の立場だという。大学内の事情というのはよくわからないが、口ぶりからして、さほど恵まれたポストではなさそうだった。

「周知のごとく、人文諸科学の研究は危機に瀕している」と彼は言った。「それは無意味なお喋りと空疎な噂話から成り、どこにも人を導かず、ある場合には道を誤らせるものだ。世間ではそう考えられている。したがって学内でも居場所がないのが現状でね。そのうえ、僕の専門のスペイン文学というのがまた、あまりぱっとしない分野なわけだ。結局、学生相手に教えているのは、初等文法くらいのものだよ。いちおう話者人口が多いというのが、この言語の強みだがね。それでなんとか仕事にはなっているが、いつまで続くのかわからない。昨今は中国語に押されてきているしね――」

たしかに、彼の研究業績は目立たないものだった。学会の発表や大学の紀要に、いくつか論文が掲載されている程度。だがそのなかで、しばしば言及されるのがドン・キホーテだった。依頼主がコピーを送ってくれたので、わたしもひととおり目を通したが、いかんせん内容が専門的すぎてうまく呑み込めない。はたして会話が成立するのか。不安だったが、どうにかやってみるしかない。

わたしはまず手短に経緯を話した。無論、首領《ドン》の件は伏せたままで。おかげでひどく歪な説明になったかもしれない。調査の途中で見つけたチケット、奇妙な劇団、行方不明の騎士＝ドン・キホーテ――彼はろくに相槌も打たず、わたしの話に耳を傾けた。そして話が終わると、にやりと笑って、なるほどと言った。

「たしかに奇妙な話だ。まあ現実的に考えられるのは、その劇団の誰かがドン・キホーテを知っていたという場合だな。それを脚本に組み込んで劇に仕立てたってことだ」

「ええ。わたしもそう考えました」

「しかしね、さっきも言ったように、この国でドン・キホーテについて知っている人間なんてごく限られているんだよ。多く見積もってもせいぜい十数人。その全員を、僕は個人的に知っている。そしてそのなかに演劇関係者は含まれていない。またかかわりを持ちそうな人間もいない。これはいったいどうしたことか」

「ドン・キホーテというのは、それほどマージナルな存在ですか？　つまり学問や芸術の世界においても」

「ああ、そうだね」彼は自嘲ぎみに言った。「なにせ実在そのものが疑わしいとさえ言われている文章だ。すべて後世にでっちあげられたものじゃないかという説もある。要は一種の与太話だと思われているわけだ。だが僕に言わせれば、そういったあやふやな部分こそが、彼の本質なのだがね」

「彼、というのは？」

「決まっているだろう。ドン・キホーテその人のことだよ」

「ドン・キホーテというのは実在した人物なのですか？」

「さあ、そこが難しい。実在か非在かという、大雑把な括りではとらえられないところが、このドン・キホーテの厄介さであり魅力でもある。少し長くなるかもしれないが、話をしようか。まあやる気のない学生相手に講義するくらいなら、仕事熱心な探偵さんを相手にしていた方がこちらとしても楽しい。同じ砂漠に水を撒くような行為だとしてもね――」

　彼はまたにやりと笑い、厳かな口調で講義を始めた。

歴史上、ドン・キホーテが最初にその姿を現わしたのは一六〇三年のことだという。マドリードの印刷屋に、出版の記録が残されている。作者の名はミゲル・デ・セルバンテス・サベードラ。しかし正確な名前かどうかはわからない。その素性もあやしいものだった。下級貴族の末裔で、兵士だったこともあるらしい。レパントの海戦に参加したという噂もあったが、真偽のほどはさだかではない。その後、幾度か投獄されたこともあったようだ。いずれにしても身元の怪しい、信用のおけない男だと考えられている。

ミゲル何某は最初の記録に残されているため、ドン・キホーテの歴史を考えるうえでは欠かせない人物だった。しかし最重要というわけではない。じつは本の中身を書いたのは彼ではなかったからだ。原文はアラビア語で書かれたもので、これを第三者に翻訳させ、編纂したのが彼だったのだという。じっさいの役割は紹介者といったところだ。

当時の出版界には、この手の話はありふれていたようだ。しかしミゲル何某もさすがに気が咎めたらしい。序文で、自分はドン・キホーテの父親ではない、継父なのだと告白している。この告白の意味が判明するのは、ようやく冊子の末尾のことになる。肝心の中味はというと、おおよそ次のようなものだ。

スペインのラ・マンチャ地方のとある村に、年老いた郷士がいた。男の名はアロンソ・キハーノ。彼は騎士道物語が好きで、これを読み過ぎた挙げ句、現実と虚構の区別がつかなくなってしまう。自分を名誉ある騎士だと思い込み、名をドン・キホーテ・デ・ラ・マンチャと改める。そして思い焦れる姫君に認めてもらうため、やせ馬にまたがって遍歴の旅に出る。

彼は行く先々で勘違い、思い違いを繰り返す。宿屋の主人を城の主だと思い込み、騎士に叙してくれるよう頼みこんだり、その儀式を邪魔すると言って、宿の客と乱闘騒ぎを起したり。途中、山羊飼いの少年を助けたりと善行も施すが、結局は事態を悪い方に進めるばかり。そして商人たちと揉め事を起し、こてんぱんにやっつけられ、地面に寝そべっているところに、近所に住んでいた農夫が通りかかり、彼に助けられて村に連れ帰される――ここまでが第一の遍歴の中味。

そしてこの農夫サンチョ・パンサを従者に仕立て、第二の遍歴に出発する。二人がまず遭遇したのは巨大な風車だった。ドン・キホーテはこれを巨人と思い込み、闘いを挑む。しかし翼に巻き上げられ、地面に叩きつけられてしまう。彼は全身に大けがを負って、これは敵の魔法使いの仕業だと嘯く。ここが物語全体のクライマックスとなる。なぜならこの後の場面で、物語は唐突に幕を下ろしてしまうからだ。

風車を後にしたドン・キホーテは、僧侶たちの一行と出会う。だがそれをならず者の集団と思い込み、馬車に乗った婦人を誘拐しようとしているのだと決めつけてしまう。そしてサンチョが止めるのも聞かず、一気呵成に襲い掛かり、彼らを蹴散らす。するとこの様子の一部始終を見ていた馬車の従者が飛び出してくる。両者はにらみ合い、決闘が始まる。ところがこの熾烈な剣のやりとりの最中に、不意に結末がやってくる。

突然、作者＝ミゲル何某が現われ、その先の冒険を書いた文章を持っていないと告白するのだ。

原本がないのでこれ以上書き進めていくことはできない。彼はそう白状して、あっさりと物語に終止符を打ってしまう。事ここに至って初めて、ミゲル何某がじつは作者ではなく、紹介者に過ぎなかったことがあきらかにされるわけだが、読み手からすればこれはずいぶん勝手な言いぐさだろう。

　当時の読者たちの反応も同様だった。ミゲル何某は激しい非難にさらされた。幸か不幸か、本はよく売れていた。だから多くの読者が、この結末はなんだと憤慨し、ひと騒動が持ち上がった。訴訟を起こそうとした記録も残されている。ところがこの騒ぎの最中、ミゲル何某は姿を晦ませてしまう。進退窮まった挙げ句の蒸発、といったところだ。それ以後、彼の消息は知れない。彼は歴史に足跡を残さなかった。しかし――


「代わりにドン・キホーテが現われた、ということですね」とわたしは訊いた。

「ああ、そうだ。そういうことになる。いや、現われたというのは正確ではないかもしれない。なぜなら、ドン・キホーテその人は、ある意味ずっと不在のままだからだ。不在の騎士を中心にして、周囲で騒動が巻き起こっていく」

「どんな騒動だったのでしょうか？」

「まずは当然というべきだが、原作者探しが始まった。ミゲル何某が依拠した原典、それを書いたほんとうの作者は誰か。その探索が始まったわけだ」

「原典はアラビア語で書かれていたんでしたね。イスラム圏の人間だったのですか」

「それがいちおうの定説にはなっている。周知の通り、当時のイベリア半島には多くのモーロ人がいた。モーロ人というのはわかるね？」

「ええ、なんとか。北アフリカに住むイスラム教徒たちですよね。スペインは長らく彼らの王朝の支配下にあった。それに対し、キリスト教側が徐々に巻き返しを図っていった。いわゆる国土回復運動ですね」

「まあ、そんなところだな。国土回復運動は一四九二年にいちおうの完結を見るわけだが、それから百年ほどはまだ、多くのモーロ人が国内に残っていた。むろん、差別や迫害の対象にはなってはいたが、当初のターゲットはむしろユダヤ人の方だった。社会的にも経済的にも、モーロ人の影響力は根深かったからね。その傾向は文化面ではさらに顕著だった。学識ある人間といえば、たいていはイスラム系の住人を意味していたくらいだ。ありていに言って当時、キリスト教文化圏はいまだ野蛮の域を脱していない状態だった」

「知は東方より来る、ということですね」

「この場合、南方と言ったほうが正確だろうがね。そしてドン・キホーテの真の作者も、やはりモーロの賢人であろうと噂された。やがて浮かび上がってきたのは、シーデ・ハメーテ・ベネンヘリという名の歴史家だった。彼が書いたドン・キホーテについての文章が、各地で次々発見されていったんだ。そこにはかの決戦の後、遍歴を続ける騎士の姿が記されていた。人びとはこぞってこれを翻訳し、スペイン全土に広めていった」

「そのベネンヘリという人物は歴史家だったのですか。作家などでなく？」

「そう。そのことが事態をより複雑にした。つまりベネンヘリが書いたものは、創作だったのだろうか、それとも事実を元にした記録だったのだろうか。その問題が表面化してきたわけだ。これは存外、深刻な問題だった。意味はわかるな？」

「つまりドン・キホーテなる人物が、実在したのか否かという問題ですね」

「そのとおり。そしてこのころから、ドン・キホーテの実物を見たという目撃証言が相次ぐようになった。かの騎士は記録にあるとおり、いまも意気軒昂に遍歴の旅を続けているというわけだ。むろん大半は、目立ちたがり屋かお調子者がでっちあげた法螺話だったんだろう。しかし法螺も噂も一定のレヴェルを越えると、自律した運動に化けてしまうものだ。この潮流はやがて、ベネンヘリの存在そのものに異議を唱えるようになっていく」

「作者が退場し、登場人物が前景化してくると」

「そうだ。ちょうどこのころ、ひとつの興味深い事件が起こっている。とある人物が、シーデ・ハメーテ・ベネンヘリは偽物であると主張したんだ。ドン・キホーテを書いたのはベネンヘリではなくほんとうはアリソランという、やはりモーロの賢者だと言ってね。この説を唱えた男の名はアロンソ・フェルナンデス・デ・アベリャネーダ。彼はすでに世に出回っているドン・キホーテ文章の大半を偽物と断じ、アリソランによって書かれたものだけが、ドン・キホーテの真正の姿だと言った。そしてその記録に基づく新たな本を出版した。彼が紹介するドン・キホーテは、たしかにそれまでのイメージを一新していた」

「どんなふうに違っていたのですか」

「まず目に着くのはその宗教性だ。いたるところに教会の説教めいた文言が繰り返される。そしてドン・キホーテの振る舞いも、かなり粗暴で危険なものに変わってしまっている。それまで流布していたどこかユーモラスな雰囲気は影を潜め、やや陰惨な印象を受ける。最後には瘋癲《ふうてん》院に収監されるが、そこを脱け出し、いずことも知れぬ曠野《こうや》に姿を消してしまう。なんとも救われない結末だろう？」

「たしかに。どうも不穏な展開に思えますね。それでそのアリソランという人物は実在したのですか？」

「いや。後になってわかったことは、アリソランどころか、アベリャネーダさえ実在があやしいということだった。少なくともアベリャネーダというのは偽名で、別の著者のペンネームだった可能性もある。本の方はタラゴナの工房で刷られたと書かれてあるが、いくら記録を調べてみても、じっさいにそこで印刷されたという形跡がない。また当時、書物を印刷するには権威筋の検閲を経て、許可証を得る必要があったんだが、この許可証までもが偽造されたものだった。要するに、すべてが偽物だったのだね」

「しかしそんな書物がよく流通したものですね。ふつうならどこかで差し止められそうなものだろうに」

「そうなんだ。たしかに謎の多い話でね。しかし一連のドン・キホーテ騒動の特性をよく表わしてもいるようにも思える。なにもかもまがい物なのに、いや、まがい物であるがゆえに、周囲に大きな騒動を巻き起こしてしまう点がね」

「アベリャネーダのドン・キホーテは、そんなに広く読者に支持されていたのですか？」

「支持という意味ではたいしたものではなかったようだ。本の売上もさほどではなかった。だがこのような偽書が、公然と流布したということの意味はきわめて大きかった。事態が明るみに出ると、人びとは呆れた。そしてもはや、ドン・キホーテの作者が誰か、まともに考えることをやめてしまったんだ。そしてますます、ドン・キホーテ実在説に傾いていった。実物を見たというだけでは飽き足らず、自分こそがドン・キホーテだと言い出す輩も現われる始末でね。方々で贋の騎士が現われ、騒ぎを起こして裁判沙汰になった」

「皮肉な話ですね」

「いや。皮肉なのはここからさ。じつは一連の騒動はモーロ人の排斥運動と同期している。さっきも言ったように、国土回復運動の後、スペイン国内における非キリスト教徒の立場は微妙なものだった。最初のターゲットはユダヤ人だったが、その範囲は徐々にモーロ人にも広がっていく。表面上はキリスト教に改宗した人間にも、あれこれと嫌がらせをするようになるわけだ。それに対してモーロ人の方も黙ってはいないから、各地で反乱や暴動が起こる。おのずと弾圧と迫害も強まっていく。そして結局一六〇九年には、モーロ人追放の命令が出されてしまう」

「国内からモーロ人が消えていくと同時に、ドン・キホーテの作者も消えていったと」

「アベリャネーダの偽書が世に出たのは、追放令と同時期だった。排斥の空気を後押ししていたことは間違いがないだろう。この件については、ちょっとした陰謀説を持ち出すことだってできるさ。つまり、排斥運動の側が、偽書騒ぎを仕掛けたんじゃないかってね」

「政治的に利用されたわけですね」

「ああ。でも僕が許せないのは、政治的意図云々じゃない。結果としてドン・キホーテが、ひどく貧しい人物になってしまったことの方だ。かの憂い顔の騎士はいまや、やたら騒々しくて鼻息の荒い蛮勇の徒に成り果てた。落日のスペインを象徴する、英雄の純な魂というわけさ。元々のドン・キホーテ文書はこうじゃなかった。現実と虚構の境界を縫う、もっと繊細な足取りをしていた――」

　彼は少し興奮気味にまくしたてるとせき込んだ。ウェイトレスが持ってきた水を一気に飲み下す。それでもまだ収まらぬ様子で、しきりに喉を鳴らしていた。わたしはカップの底にわずかに残ったコーヒーを啜った。すっかり冷えて濁っている。

　気がつくと、ラウンジはずいぶんひっそりとしていた。さっきまで商談や閑談に勤しんでいたた人びとはどこにいったのか、いつの間にか姿を消してしまった。彼らがこの話を聞いたら、どう受け止めただろう。そもそも端《はな》から聞く耳なんて持たないだろうか。

「失礼」と彼はようやく言った。「少し先走りしすぎたようだ」

「いえ。急かしてしまったようで申し訳ありません。しかし結局、先生はどう考えているのでしょう。ドン・キホーテなる人物は、実在していたと思いますか？」

「これはまたずいぶんと大雑把な問いだな。そういう短絡的思考をただすために、ここまで話を進めてきたのだが」

「すみません。しかしやはりはっきりしません。いったいわれわれは、ドン・キホーテの実在に対し、どのような態度を取ればいいのか」

――いいかね、僕はたしかに彼の実在を信じているよ。つまりドン・キホーテその人のことをね。しかしこれは単にいるかいないかというような話ではないんだ。問題は、ひとつの人物像が、大勢の人間に共有されることで作り出される現実の総体だ。それに比べれば、モデルになった人物がいたかどうかなんて、どうでもいいことなんだよ」

「つまり一連の騒動自体が、ドン・キホーテの実在を証し立てているということですか」

「実在という観点から言えば、そもそもドン・キホーテ自身が、騎士道物語というジャンル的記憶のなかから出現している。つまり最初から、読者共同体抜きにしてはありえない存在なわけだ。だからこそ複数の偽書、異聞、翻訳によって書き換えられていく。にもかかわらず一定の同一性を保って、われわれの前に現前している。そうしたゆらぎを許容するだけの懐の深さが、ドン・

キホーテにはある。いや、あったんだ」

「騒動の後では、そうした余裕がなくなってしまうのですね」

「そうだ。精神的余裕がなければ、パロディや模倣は成立しえない。残ったのはつまらないプロパガンダか、いやしい商売根性だけさ。スペインの黄金時代は過ぎ去り、時代はそして本格的な近代を迎える」

「さびしい話ですね」

「そうだな。一説によれば、ドン・キホーテが挑みかかった巨人、つまり風車はオランダを象徴している。周知のとおり、スペインはその後オランダとの独立戦争に敗れ、ヨーロッパの王者としての地位を失う。勝ったオランダは、海洋貿易国家として世界の覇権を握っていく。今日まで続く資本主義経済の基盤がこうして形作られたわけだ」

「乏しき時代の始まり、というわけですね」

「いかにも。しかしこの話にはまだ続きがあってね。それから三百年ほど過ぎた二十世紀前半、突如としてドン・キホーテの新たな著者が現われるんだ。ピエール・メナールという名のフランス人でね、象徴主義の流れをくむ詩人だった」

「著者がですか。それもアラビアでもスペインでもなく、フランスの詩人?」

「そう。彼は十七世紀スペインの文献を徹底的に調査・編纂して新たな『ドン・キホーテ』を刊行した。散逸していた文章も集めて、まさに〝決定版〟と言うべきものをね。その結果、ドン・

キホーテの遍歴には、あまり言及されることのなかった第三の遍歴というものがあることがわかってきた。その内容がまた変わっていてね――」

「ちょっと待ってください。それならそのメナールという人物は編纂者ということになりますよね。最初のミゲル何某と同じ立場ではないのですか」

「そこが問題だったのさ。メナールはこの編纂作業に際して、相当な研鑽を積んだんだ。外国語であるスペイン語の、それも十七世紀の当時の語法をかなり自由に扱えるようになっていたという。ここからなにが帰結するのかわかるかな？」

「贋作、の可能性ですか」

「そのとおり。今度のは十七世紀のときとは違う。つまり原作者の扱いをめぐるものではなかった。だから余計に厄介とも言えた。つまりどこまでが発掘された史料で、どこからが彼自身の手による創作であるのか、見分けることは困難だったんだ」

「だから《ドン・キホーテの著者》になるわけですね」

「まあ諸説はあるのだがね。第三の遍歴のうちどこまでが、実在の文書に依拠したものだったのか、意見の別れるところだ。今日ではいちおう、その〝決定版〟『ドン・キホーテ』はメナールの創作物という扱いにはなっている」

「メナールは、ドン・キホーテの実在についてはどう考えていたのでしょうか」

「それもわからんな。なにせ元の文章がどれで、どこからがメナールが書き加えたものか、肝心のところがわからないんだから。ただ、明らかになった第三の遍歴の中味は、その点でも興味深いものだった」

「というと？」

「この旅のなかでは、ドン・キホーテ自身が有名人になっているんだ。行く先々で、彼は声をかけられる。おお、あなたがあの遍歴の騎士ドン・キホーテ殿であらせられるか、とね。なぜかというと、以前の彼の冒険が、書物として世に出回っているからだ。だからみんながその内容を知りつつ、ドン・キホーテをあしらうわけさ。これはある意味、十七世紀の騒動を的確に再現したものと言えるんじゃないのか。ある種の批評的視座の設定も含めて」

「なるほど。しかしその設定からして、メナールが書き加えたものかもしれない、ということになるわけですね」

「そう。あまりにも前衛的でよく出来すぎていると、いまでもそういう指摘がなされる。まるで現代のメタフィクションのようではないか、とかね。だが僕に言わせれば、そんなのは浅薄な見方だ。すでに十七世紀の騒動自体が、現実と虚構の関係をめぐる、複雑な葛藤を暴き出しているんだ。メナールはむしろこの葛藤を忠実になぞっていたに過ぎない」

「ドン・キホーテの実在をめぐる葛藤、というわけですね」

「ああ。考えてもみたまえ。当時、書物というのは最新のメディア機器だったんだ。これのおかげで、それまで一部の特権階級に限られていた情報が、広く大衆に流布するようになった。読み書きさえできれば、誰もが情報の受け手となり、さらに発信者になることだってできる。今日のグローバルネットワークの原型と言ってもいい。そういう情報網が、ヨーロッパ全土に構築されつつあった。ドン・キホーテが旅しているのは、つまりそうした空間なんだ。彼は自己の評判によって生き、その大衆性によって実在を養われている」

「つまり出自の曖昧さや贋作の存在はむしろ、ドン・キホーテにとって内的な必然だとも言えるわけですね」

「そうだ。ひとつの虚構が、別の虚構に置き換えられる。そしてそれが現実をも書き換えていく。そういったダイナミズムが、当時のメディア空間には息づいていた。時代がもう少し下ると、こうした特性は失われていく。ひとつの書物に、ひとつの現実、ひとつの世界が帰属するようになる。近代社会はそうした等質性を要求していたからね。それ自体がだいぶ歪な考え方だという事実は、あまり顧みられることはないが」

「だんだんと現代的な認識の話になってきました」

「人が書物を書き換えるんじゃない。書物が人を書き換えるんだ。われわれの現実だって、本来あやふやで不確かなものだ。それは容易に書き換え可能で、いやむしろ日々書き換えられているものかもしれない。われわれがその事実に気がついていないだけで」

「そうかもしれません」

「ちなみにメナールの『ドン・キホーテ』にはオカルトめいた噂もあってね。この本の所有者の多くが発狂しているというんだ。錯乱状態に陥ったり、自殺したり、突如犯罪に走ったりして、ろくな末路をたどらないという。まあ噂話に尾ひれがついた、眉唾ものの話ではあるのだが。しかし不吉な書物だということで、大多数が焼かれてしまったのは事実だ。僕が読んだのは、マイクロフィルムに残されたものだったよ」

「それはちょっとした怪談ですね。では原本はもう残されていないんですか？」

「いや。ごく少数だが残っているらしい。悪い噂が逆に好奇の的になって、美術品のブラックマーケットで高値で取引されているって話だ。何年か前、一部が国内に入ったと聞いたな。どこかのやばい筋が落札したらしいが」

「やばい筋、ですか？」

「ああ。どこかの裏社会の大物に連なる筋だそうだ。だからその後の消息はわからんのだが」

「その消息は追わない方がいいかもしれませんね。巻き込まれたら、引き返せなくなる可能性がある」

「だろうね。深追いは避けた方がいい」

「はい。ところでわたしが見た芝居のなかでは、ドン・キホーテは第四の遍歴に出かけたことになっていました。メナールの『ドン・キホーテ』には、そのような記述はなかったのでしょうか？」

「いや、そんなものはなかったな。ドン・キホーテは第三の遍歴の果てに闘いに敗れ、故郷に帰って病を得て死ぬ。最後はついに正気に戻って、かつての従者や家政婦に姪、大勢に看取られながら死んでいくんだ。だが僕はこの結末には、どうしても納得がいかなくてね。あれほど意気盛んだった騎士が、こうもあっさり自らの狂気を認めて、死んでしまっていいものだろうかと。だからどこかで彼が生き抜き、新たな遍歴の旅に出てくれればいいと、そう思っているんだ。いや、僕だけじゃなく、あれを読んだ人間はみんなそういうふうに考えるんじゃないかな」

「ということは、いまこうしている間にも、誰かの手によってドン・キホーテの旅の続きが書き継がれているのかもしれない」

「もちろんその可能性はあるな」

「わたしが探しているのは、そのお話の結末からしれません」

「ふむ。それはまた難儀なことだ。で、僕の話は参考になりそうかな?」

「もちろん。おおいに参考になりました。ありがとうございます」

行きがかり上、主従と三騎士は一緒に逃げた。それぞれの馬にしがみつき、背後を顧みることなくひたすらに進む。馬たちは疲れを知らぬ力走を見せた。陽炎がゆらめく地面の上を、一丸となって駆け抜けていく。すばらしくすばらしい速度で。

追っ手はなおも追いすがる。すでに警告の声はなく、惜しげもなく放たれる銃弾が、彼らの背中を掠めて飛んでいく。しかしいずれも、標的をとらえることはない。

なぜ命中しないのか？　追っ手たちもおかしいと気づき始める。追走はすでに小一時間に及んでいる。それなのに、追いつきそうな気配が見えない。どこまで行ってもたどり着けない。まるでアキレスと亀の寓話だ。

しかしなぜ、アキレスは亀に追いつけないのか。ふとそう思ったのは先頭車両の運転手だった。そんなことを考えている場合ではなかった。だがひとたび湧き起った疑問は、彼をとらえて放さなかった。

さまざまな想念が沸き起こり、頭のなかを駆け巡る。するとなにもかもが根拠を欠いて無意味に思えてくる。だいたいなぜ、車が馬に追いつけないんだ？　落ち着こう、落ち着くんだと運転手は思う。このままでは頭がおかしくなってしまう。そこでいったん車を停めた。ふうと息をつく。これでまともにものが考えられる。

直後、後続車両が追突をする。ぐしゃりと湿った音を立て、車両と人が一体になる。車は急には止まれなかった。さらに後続の車両がぶつかる。道はすぐさま、車と人の残骸で塞がる。急ブレーキで、かろうじて事故をまぬがれた車両も、路肩に乗り上げ身動きがとれない。

いったいこの惨状はなんだ。現場を目の当たりにした追っ手たちは思う。ふと道の先に目をやるが、そこにはなにもない。人影ひとつ見当たらない。自分たちは、いったいなにを追いかけていたのか。肝心の事実にはやくも有耶無耶になり、彼らの脳裏から消え去ろうとしていた。

車両炎上、負傷者多数――無線で救援を求めるが、前後の状況を訊かれ口ごもってしまう。ガソリンの臭いの立ちこめる路上に、追っ手たちは佇んでいる。冷たい風が吹き抜けていった。日が暮れようとしていた。

他方、まんまと追走を振り切った一行は、いまや森のなかにいる。さすがに疲れ、しかもだんだんと暗くなってきた。このまま歩を進めるのは危うい。馬を木に繋ぎ、夜営の準備が始まった。誰かが言い出したわけでもないのに、各々無言で作業にとりかかった。

ものの半時間で支度は整う。やがて日は完全に暮れ、焚き木に火がともされた。闇が溶けていく。彼らは火を囲むように座った。枯れ木のはぜる音が、森のなかに響く。梟《ふくろう》の鳴き声が遠くに聞こえる。最初に口を開いたのは白馬の騎士だった。

「まずは礼を申すべきであろう。助太刀をかたじけなく思う。もっとも、あの程度の手勢、われらだけでも蹴散らすことは可能であったが」

「なんのなんの」と老人は鷹揚に応える。「たまたま通りかかったところ、同胞の諸君が苦境に立たされておったのだ。これを見捨てては、騎士の名が廃《すた》るというもの。そう、なにを隠そう我輩こそは騎士のなかの騎士、ドン・キホーテその人であるのだから」

「そう、それだ」割って入ったのは赤馬の騎士。「あんたがドン・キホーテであるなら、おれたちが探していた相手だ。やっと会えたと喜びたいところなんだが、あいにくとおれは疑り深いたちでね。あんたがほんもののドン・キホーテだという証拠がほしい」

「これは異なことを申される。わしがドン・キホーテである証拠を示せというのか。しかしわしがわしであること以上に、この世にたしかなことなどあろうか。あまりにもあたりまえすぎて、どう言ってよいかわからんほどだ」

「それは証拠を出せないってことか。だったらおれたちも考えなければいかんな」

「ちょっと待ってくださいまし」と従者が言う。「なんですか、あんた方は旦那さまの身元に不審があると。そうおっしゃるので？　これはどうも聞き捨てならんお話ですが。はばかりながらこのサンチョ・パンサ、四百年前から旦那さまにお仕えしております。旦那さまがほんものの旦那さまであることは、このおいらがしっかと請け負いますが。それでもまだご不満だと？」

「いや、そうむきにならないでください」黒馬の騎士が言う。「じつはわれわれ、侯爵夫人のご依頼により、ドン・キホーテ殿を探しておる者。というのも、お渡しするものを預かっているからだ。しかしこればかりは、相手がたしかにご本人であると、わからぬうちはお渡ししかねる。そこでドン・キホーテ殿の身の証しが必要になるというわけだ」

「おお、侯爵夫人であるか。懐かしや。それもわしに託され物とは。僥倖である。がしかしなんと言われようと、わしがわしであることに証拠などないぞ。どうすればよい？」

「どうするもこうするも」と白馬の騎士。「証拠がないなら、預かり物のことは忘れてもらうしかないかな。後日、証拠が見つかったなら渡すこともできようが」

「そんなおかしな話がありますかい。旦那さまはたしかにドン・キホーテさまですが。そのドン・キホーテさまに宛てられたものを、ドン・キホーテさまが受け取れないなんて、そんな道理がありますか。なんならいまここで、力づくでひったくってもいいんですが」

「やってみるか？」そう言って、赤馬の騎士は剣に手をかける。従者もまた腰にぶら下げた得物をにぎりしめる。一触即発の二人の間に、黒馬の騎士が割り込んだ。

「まあ二人とも、頭を冷やしてください。じつはわれわれも最近知ったのですが、どうも世間にはあなた方の偽物が出回っているらしいのです。ドン・キホーテ主従の名を騙って、方々で悪さをしているという話で。だからわれわれとしても、用心しないわけにはいかないのです。どうかご理解いただきたい」

「だが先ほども申したとおり、わしには証拠の持ち合わせがない」

「それが困ったところなんですよね。なにかあなただけしかわからない、そんな事実があればよいのですが」

「それならなんでも質問するがよかろう。このわしにかんすることは、わしに訊くのがいちばんだろう。それは火を見るよりもあきらかというもの」

「いえ、そうもいかないのです。なぜかというと、ドン・キホーテにまつわる事実は、ひろく世に知られているので。多くの本に書かれているし、ネット上にも拡散している。つまり誰しもアクセス可能な情報なのです。へたすると本人よりも詳しい輩も現われる始末で。ここのところが、当代固有の困難なのです」

「なにを下らぬことを。人づてに聞いたことなど、噂話の類にすぎぬ。対してわしの語るのはみな当事者の言葉だ。そもそも先ほどから事実、事実と申されるが、事実より大事な真実というものがあろう。そしてこのわしこそ真実の騎士なのだ」

「そう言うが、あんたほんものの騎士じゃないんだろう?」と赤馬の騎士。

「無礼を申すな。わしこそは誰よりも騎士らしい騎士ではないか。たしかにかつて、わしは郷士アロンソ・キハーノであった。だが彼は自らの内に、騎士ドン・キホーテを持っていた。そしてそのキハーノは死んだ。しかるにこのわしは生き残っておる。すなわちわしはもっとも純粋な意味での騎士ということになる」

「とはいえあなたがそのドン・キホーテであるという、証拠が見つからぬことにはどうしようもないのだ。どうもわからぬ御仁だな」白馬の騎士が、困り顔でため息をつく。

五人の話し合いは夜が更けてもなお続く。しかし議論は次第に堂々巡りの様相を呈し、不毛な言い合いに終始する。自らの尾を飲み込んだ蛇のような円環のなかを、しかしただ老人一人が疲れず倦まず突き進んでいく。いかなる事実もいかなる矛盾も、彼の言う真実の前では色あせてしまうようだった。

やがて疲労に擦り切れた頭脳は思考を放棄し、ゆるやかに眠りの世界に滑り込んでいく。真っ先に寝入ったのは従者。眠りに落ちた彼が見たのは焚き火の周りを、ぐるぐる回る四人の騎士の姿だった。互いを追って回転を続けるうちに、四人は溶け合いバターになった。溶けたバターが冷えて固まると、そこに一人の騎士が現われた。彼は光り輝いていた。

鳥の鳴く声に目覚めた従者は、すでに夜が明けていることに気づいた。冷たい曙光が、木々の合間から差し込んでくる。朝露をまとう葉叢が、光を受けとめきらきらと輝く。そして老人はなお語っていた。

「であるからしてつまり、真実が真実であるゆえんはここにある。すなわちいまここにわしがわしとしてある、あり続けるという現実がそうなのだ。だからこそわしは、自分が何者であるかということについて、もはや疑問をもっておらぬわけで――」

従者はまだ昨夜の話し合いが続いているのかと思った。だがあたりを見渡すと、三人の騎士の姿はなかった。馬もなく、すでに立ち去った後のようだった。老人はそのことにさえ気づかず、延々話を続けていた。従者は驚いて声をかける。

「旦那さま、旦那さま。しっかりしてください。あの騎士のみなさんならもう、行っちまったようですが」

「おお、そうであったか。どうやらわしの説く道理がわかってもらえたらしい。話せばわかるとはこのことであろう。なんのかんのと言っていても同胞。相通ずるところも多い。実りの多い語らいであった」

はたして老人の言うとおりかどうか。従者には判断がつかなかった。そもそもあの三人の騎士自体、夢のなかの人びとのように思えなくもなかった。とはいえ少なくともひとつ、証拠の品は残されていた。焚き火のそばに、見知らぬ包みが置き去りにされていた。拾い上げて、主人に差し出す。

「なるほどこれが、侯爵夫人の託されたものだな。さっそく開けてみよう」包みをほどくと、なかからごろんと塊が出てきた。

「なんですか?」と従者が訊ねる。

「これは」と主人は言った。「どうやら角笛のようだな」

探偵 Ⅵ

雑居ビルの前には、白いストレッチリムジンが停まっていた。かたわらに佇んでいたのは、例の巨漢の運転手。わたしが戻ってくるのを待ちかまえていたのだろう。こちらの姿を認めると、すばやく身を翻し、なにも言わずにドアを開けた。またどこかに連れて行くつもりなのか。

わたしは一瞬ためらった。そのまま素通りしてしまいたい誘惑に駆られる。いくら仕事の相手とはいえ、こちらにだって都合というものがある。いつもいつでも諾々としているわけにもいかないのだ。適当な口実を設け、日を改めてもらおうか——。

そうしなかったのは、車中に気配を感じたからだった。ドアを潜ると、はたしてそこには依頼主が座っていた。わたしは小さく会釈をすると、彼女の向かいに腰掛けた。

前に会ったときとは、ずいぶん印象が違った。ぴったりとした黒のスーツに青のネクタイ。きちんと化粧を施した顔に、縁の細い眼鏡を掛けていた。ふっくらしていた頬の肉は削げ、少しやつれたように見えた。首領《ドン》が不在のいま、彼女はどんな負担を担わされているのか。わたしはどこか後ろめたい思いを感じずにはいられなかった。

例によって、車はいつの間にか走り出している。流れていく景色を横目に、わたしたちは向き合う。やはりひとしきりの沈黙の後、彼女はゆっくり口を開いた。

「その後、変わりはありませんか？」

「ええ」まるで時候の挨拶みたいだ。そう思いつつ、わたしは応じた。「例の専門家の話は聞いてきましたよ。なかなかおもしろい人物でした。しかしどうもにわかには信じにくい事柄が多い」

「ドン・キホーテの正体はわかったのですか？」

「自分を騎士だと思い込む、気の触れた老人。とりあえず、以前お伝えした内容で間違いはないようです」

「騎士って、鎧を着て馬に乗ってる、あの騎士のことですね」

「そうです」

「ならあなたには、うってつけの対象かもしれない。人馬一体というのが騎士の基本的ステータスだから。つまり動物と人間の中間ということ」

冗談を言っているのかと思ったが、そうではないようだった。わたしはあいまいに頷いて続けた。

「しかし問題は騎士そのものではなく、それについて書かれた本なのです。要約するのが難しいんですが、発端は十七世紀初頭に出版された本と、それにまつわる騒動です。そしてその顚末をまとめた書物が少部数ですが現存しています。そのうちの一冊をたぶん、叔父上は所有していた」

「そのことと今回の件はどう関係するの?」

「それがなんとも言えないんです。ただ話によると、その本は所有者を狂わせることがあるということです」

「叔父がその騎士の本に憑りつかれたとでもいうのかしら」彼女は唇の端に、あるかなしかの微笑みを浮かべる。

「むろん馬鹿げた話だとは思います。それは専門家の彼自身も言っていました。しかし笑って切り捨てていい話かというと、どうも違うような気がする。書物のせいで気の触れた老人が一人、忽然と出奔する。この筋立て自体が、やはりなにかを物語っているようにも思えます。それに、われわれの置かれた状況とも並行している。あなたが以前、言っていたように」

「なるほど。しかしいずれにせよ、叔父の書斎は燃えてしまった。いまさらその本のことはたしかめようがない」

「ええ、それはたしかに。事態は次のフェイズに移行しているのかもしれません。じっさい、わたしが接触した劇団は、その本の続きの部分を上演しているようでした――」

警察の捜査は続行しているはずだった。彼らはしかし、そんなことはお構いなしで、自分たちの劇を続けていた。今度はもう舞台すら組まずに。あのとき騎士が言ったとおり、劇は市街に解き放たれたのだ。

彼らの活動は、あまりにとらえどころのないものだった。共通しているのは、常に街中で突発的に行われているということ。繁華街の交差点の真ん中で、公園の噴水のわきで、深夜のコンビニエンスストアで、病院の待合室で、取り壊し前のビルのなかで、川沿いの橋の袂で。

役者たちも、揃って現われるのではない。めいめいが通行人を装ってその場に現われ、なにかしらの合図をきっかけに劇が始まる。数人が大声でがなり立てる会話劇もあれば、大勢が無言で踊り続けるものもある。不意に殴り合いを始める拳闘劇もあれば、全力で追いかけっこをするだけのものもあった。

時間はせいぜい数分、長くても五分といったところだ。騒ぎが大きくならないうちに、プログラムを済ませて解散する。いずれも劇の一場面、というより断片に近いもので全体像を欠いている。各々の断片を適切に繋ぎ合わせれば、なんらかの布置が浮き上がってくる――そんな仕組みになっているのかもしれない。とはいえ現時点では、判断する材料が少なすぎた。

一連の公演は動画に収められ、ネット上に公開されていた。《ドン・キホーテ・アクション》というタグが付けられ、一種のハプニング映像集として、あるいは前衛的なパフォーマンスとして、かなりの好評を博しているようだった。再生回数は日々増加の一途をたどり、ファンによる解説サイトも多数存在している。

収益については謎だった。こうした上演形態をとる以上、チケットの販売はありえない。大道芸のように、その場で集金をすることは可能だろうか。でもそんな時間的余裕があるようにも思えない。とすると、ネット経由の広告収入が頼りだろうか。しかし、投稿者が特定されることを恐れてか、動画は複数の発信元からアップされている。その発信元にしても、すぐに削除され、別のアカウントに切り替わってしまう。これでは、まとまった集金は不可能ではないのか。

一方でトラブルも深刻なものになっているようだった。突然の上演に驚いた人が通報するケース、あるいは地域住民から苦情が寄せられ、警察が駆けつけるケースはざらだった。一度、逃げ遅れた役者たちをパトカーが追跡、あげくに玉突き事故が発生するという大事にもなっている。警察も本腰を入れて取り締まりにかかっているはずだ。にもかかわらず上演は相次いでいる。つまり劇はいまなお進行中ということだ。

「正直なところ」とわたしは言った。「彼らがなにを考えているのかはわかりません。それどころか、明確な意志主体があるのかどうかすらさだかではない。台本がなくなって、収拾がつかなくなった芝居のようです」

「焼かれた本、取り払われた舞台――その後に続く事態は、誰にも予測できないでしょう。叔父のいなくなった後の組織の状態によく似ています」

「しかし叔父上には、強烈な意志とヴィジョンがあったのでしょう。そうでなければ、あれほど大掛かりな事業を成すことはできない。問題は、それをいかに引き継いでいくかということでは？」

「叔父の意志については、わたしたちにもわからないことだらけなのです。前にお話ししたように、叔父は見えない人間でした。彼の事業を引き継いでみて、改めてそのことを思い知りました。叔父がいったい何者で、なにを考え、なにを抱えて生きてきたのか。それは大きな謎であり空白なのです」

「その空白というのは」わたしは尋ねた。「心理的なものでしょうか。それとももっと現実的、社会的なコンテクストを有するものでしょうか」

「両方、と言うべきでしょう。叔父は見えない人間ならではの仕方で、社会との関係を築いていました。彼の事業は彼そのものであり、彼という人間の一部でした。両者を切り離すことは不可能です。けれどいま、現実に叔父が姿を消して、後には事業だけが残されている。わたしたちはこれをどう受け止めて、動かしていったらよいのか、よくわからなくなってきている」

「たとえばの話ですが、こう考えることは可能でしょうか？　叔父上は、なんらかの意図で自ら姿を隠した。そしてどこかに潜伏している。その上で、この事件を外部から眺め、わたしたちを含めたすべての人物を背後から操っていると」

「わたしにはなんとも言えません。しかし、あらゆる可能性は排除すべきではないと考えています」

「やれやれ」とわたしは言った。「どうも困ったことになりました。こんな事件は初めてです。まったく、雲をつかむような話だ」

「雲は、つかまえることはできません」彼女はおだやかに応じた。「熱せられた空気が水分を溜めこみ、それが凝縮したものが、つまりは雲です。だから水のような流動性を保ちつつ、空気のなかを浮遊している。つまりもっとも不定形で、予測不能な対象なのです」

「つかまえようのないものを追いかけろ、というわけですか。酷な話ですね」

「じっさいにつかむことができなくても、つかもうとする所作が、雲のかたちを変えることになります。そしてその形状の変化が、思わぬ結果をもたらすかもしれない。わたしが期待しているのは、そんな事態です――」

車窓からは、港湾地区の高層ビル群が見えてきた。埋め立てと再開発で、近年ますます賑やかになっていく地区だ。雨後の筍のごとく、次々と新しいビルが建つ。何台もの巨大クレーンが首をもたげて、資材を積み上げていく。あれもたしか、首領のグループが中心になって進めているプロジェクトだった。

そのビル群の上、茜色の空には奇妙なかたちの雲が浮かんでいた。風に流され、ゆっくりと東に向かう、黒ずんだ灰色の塊。まるで古代の生物のように、重々しく身を揺さぶらせながら。夕闇にまぎれ徐々にその輪郭を曖昧にしつつ、それは都市を見下ろしていた。

「もうじき日暮れです」と彼女が言った。「少しドライブにつきあってくれませんか?」

「いいですよ」とわたしは応えた。

首都高の下を潜って進んだ。車道にはまだ目立った混雑は見られない。車は繁華街に差しかかろうとしている。一帯はすり鉢状の地勢を成す。中心部のスクランブル交差点に向けて、ゆるやかな勾配が続いている。建物の壁面には、巨大な看板やスクリーンが設《しつら》えられ、通行人の様子をうかがっていた。通りには、徐々に人が増え始めている。日が完全に暮れてしまうと、方々に色とりどりのネオンが輝きはじめ、すり鉢の底は、さながら光の洪水になった。車はそこを横切って進む。

あいかわらず、スムーズな運転だった。まったくストレスを感じさせない。おかげでしばしば、車に乗っていること自体を忘れてしまう。だからわたしは、一個の眼差しになった。長さも幅も奥行もない、重さも持たない純粋な目に。わたしはたしかにそこにいて、しかしすでにそこにはいない。わたしはただ通過していく視線にすぎない。

そそくさと家路を急ぐビジネスマン。看板を持ち呼び込みをする店員。飲み会に向かう学生の群れ。ギターを抱えて歌う二人組。無防備な足をむき出しにした少女。リアカーに空き缶を積みこむ老人。ダークスーツを身に纏い肩で風を切る男たち。路上に座り込みなにごとか喚きたてる厚化粧の女の叫びに、しかし耳を傾ける者はいない。

窓越しに見る街の様子は、いつもとずいぶん異なっていた。ぶ厚い窓ガラスの向こうで、人びとの営為は、ひたすら無意味で無根拠なものとしてあった。完全防音の車内は、周囲の喧騒から切り離されている。そのせいかもしれない。わたしは水槽のなかの魚を見るような目で、雑踏の人びとを見た。それは初めての経験だった。

彼女にとってはどうなのだろう。この光景はどう映るのか。けれど彼女は、窓の外にさほど関心を示そうとしない。少なくともいまのところは。その代わりにサイドボードを開き、ウィスキーを取り出した。クリスタルグラスを持ち出し、氷を用意している。座席横には、冷蔵庫が設置されていた。

「一杯いかがですか?」彼女は儀礼的に訊く。

「よろこんで」とわたしは答える。

琥珀色の液体を注ぐと、氷は心地よい高音で応じる。注ぎ終えてからも、音は断続的に続いた。そのたびに強く芳醇な香りがじわりと周囲に広がっていく。まだひと口も飲んでないのに、すでに贅沢な笑みが口元をほころばせている。彼女は二人分のロックを作る。それから言う。「では、乾杯といきましょう」

「なにに捧げますか」とわたし。

「叔父の魂に――」

「冗談でしょう。縁起でもない」

「では叔父の意志に。乾杯」

「乾杯」

ひと口飲むと、喉の奥から鼻腔奥まで豊穣な甘みが広がる。食道をすべり落ちていく熱の気配は、ほとんど官能的な種類のものだ。舌先にわだかまる余韻は重く、呼気を漏らすのが惜しい。こんなのは、ふだん飲む安酒ではけっして味わうことができない。わたしは慈しむようにグラスを握りしめた。

「それで、どこまで話しましたか?」彼女は言った。あおるように飲み、あっという間に一杯飲み干すと、すぐに次を注ぐ。若いのに、ずいぶんとタフな飲み手だ。まったく感心してしまうほどに。

「叔父上の事業についてですね。開発業者としてなにを成してきたか」

「そうでした」と彼女は言って、はじめて気がついたように、窓の外の街並みを眺める。街路樹のイルミネーションが、彼女の頬に奇妙な斑模様を刻んでいた。

「叔父はそれこそ、なんでもやってきた人でした。地上げ、買収、違法建築、恐喝、贈賄、闇献金——殺人まで、したかどうかはわかりません。しかし自分で手は下さなくとも、多くの人を死に追いやったことだけはたしかです。世間的基準から見れば、典型的な悪人と言えるでしょう。極悪人と罵る人もいます」

「それだけ敵が多かったということですね。恨みを持っていた人間も少なくはない」

「ええ。そうです。しかし不思議なことに、叔父はそうした人間的な憎悪に対して、驚くほど無関心でした。なぜなら叔父自身、他人に対して、そうした憎悪を向けたことがなかったからです。だから憎悪の応酬のような、泥沼に陥ることはなかった」

「しかしそうした無頓着こそ、リスクを呼び込みやすいものだとも言えますね。自分の美貌を意識しない美女ほど、多くの男性を惹きつけるものです」

「本質的には無欲な人だったのだと思います。莫大な利益も、そのほとんどは手元に残さず、新たな事業の投資に回していた」

「それほど巨大な予算を動かしておいて、なお無欲というわけですか。わたしには想像がつきませんが。だいいち、それだけのエネルギーがどこから来るのか」

「叔父はこの街の風景を塗り替えることに、血道を上げてきました。たしかに膨大な熱量を必要とする仕事だったでしょう。でもそれは、叔父個人の意志というより、都市全体の意志を代理したものだったかもしれません。要するに叔父は、一種の触媒であり機能であった。つまり構造の一部だった」

「その意志というのは、どんな原理に依るものでしょう」

「意志は原理を持ちえません。強いて言うなら、あらゆる原理を否定すること、それが意志の意志たるゆえんです。焼け野原から始まった街は、統一した理念を持つことなく、ただ闇雲に成長を続けてきました。際限なく増殖すること。自らの領土を拡大すること。古いものを、新しいものに置き換えていくこと。それだけが唯一無二の欲望であり、正義だった。そうやって新陳代謝を繰り返すことで、都市は自らの命脈を保ってきたわけです」

「しかしそれはあまりにも野蛮で野放図な意志だ」

「それはそうでしょう。けれど意志とは、本来そのようなものだったかもしれません。言ってみれば、雨のようなものです。放っておいても雨は降ります。誰かが降らせているわけではありません。それはときには作物をもたらし、人びとに恵みを与えるでしょう。あるいは洪水を呼び、人びとの命を奪うでしょう。では雨は、なにかを判断してそうするのでしょうか。つまり雨は、モラルを持っているのでしょうか？」

「いいえ。雨はモラルを持ちません。だからわたしは、雨具の準備を忘れないようにする。そうすれば自分だけは濡れないですむ」

「それはよい心がけです」そう言うと、彼女は声を立てて笑った。はじめて見る笑顔だった。


やがてほんとうに雨が降り始めた。水滴は斜めに窓ガラスを打ち、線状の痕跡を残していった。上空は黒雲に覆われ、海上には稲光が見える。断続的に、するどい輝きを放つ。もちろん雷鳴は聞こえない。車外でもまだ聞こえないだろう。遠すぎるのだ。

車は街中を抜け、湾岸地区に差しかかったところだ。水色の斜張橋を渡って進むと、臨海公園が見えてくる。でも霧雨のせいで見通しはきかない。海を挟んだ反対側には、工業地帯が広がっているはずだ。けれどいま目に映るのは、ぼんやりと黄色く滲んだ微弱な光の集合に過ぎない。

限定された視界のなかを、しかし車はスムーズに進んでいく。あらかじめ定められたコースをなぞるようにして。わたしは気になって尋ねた。「こういうドライブはよくするのですか？」

「ええ」と彼女は答えた。「このところ毎晩のように――」そしてまたグラスを呷る。

いったい何杯目になるのか。少なくとも彼女は運転向きの人間ではないようだ。専属の運転手がいることが救いだった。元々ややまとまりを欠いた左右の視線は、いまや完全に焦点を失っている。潤んだ瞳がライトを反射し、鳶《とび》色に光った。

「少し飲み過ぎではないですか」とわたしは言った。余計なお世話だったかもしれない。でも目の前で、誰かが酔いつぶれていくのを見るのは、あまり気分のよいものではない。

「遅かれ早かれ」と彼女は言った。「わたしたちは、最終的な酩酊に向かうことになるでしょう。そのことはよくわかっています。都市はひとつの巨大な生き物であり、自らの苦痛をやわらげるものを、日々貪欲に求めているのだから。つまりわたしたちは、いつでも常に酔いのただなかにある。だからこそ正気を保ち、支離滅裂にならずに済んでいるのです。酔いが醒めるとき、それはわたしたちの生が終わるときです――」

だいぶん呂律があやしくなってきた。気分が悪くなったのだろうか。彼女はそのまま、うつむいて押し黙る。どう答えてよいかわからなかったので、わたしも黙っていた。窓の外では、雨が執拗に降り続いていた。それがなんらかの意志によるものとすれば、たしかにずいぶん強固なものだ。

車は公園の沿道をひた走っていた。人影はほとんど見えない。がらんとした無人の公園には、どこか廃墟めいた雰囲気があった。夜の樹木が風にあおられ、ざわざわとその身を揺らした。その光景をじっと見ていると、だんだんと周囲の現実が溶解していった。

ふと気がつくと、都市は朽ち果てていた。少なくとも百年は経過したに違いない。家は崩れ、ビルは錆びつき、道はひび割れ、草が蔓延《はびこ》る。やがて草原は海のように広がり、うっそうとした針葉樹林が空を覆い尽くした。

わたしはずっと同じ姿勢で、その様子を見ていた。幻と言うのはあまりにも生々しい。木々の間、暗闇の向こうで、獣たちがじっとこちらを伺っているのがわかった。それに雨はまだ降り続いていていた。百年の間、たぶん一度も途絶えることなく。

「**こうしたすべてが、始まる前にはなにがあったか？**」

唐突に響いた声で、わたしは現実に引き戻された。激しく動揺した。それはひどく年老いた声で、掠れてしゃがれて割れていた。わたしはとっさに車内を見回した。他の誰かが乗っていたのかと思って。でも誰もいない。彼女がいるだけだ。だからそれは、彼女の声でしかありえなかった。

「小さいころ、叔父がわたしにそう訊いた」再び喋り出した彼女の声は、元通りになっている。「子供向けの謎々のようにね。でもわたしは答えを出すことができなかった。それでわたしが降参をすると、叔父は残念そうに言ったの。いつかその答えがわかるようになりなさいって。あなたにはこの意味がわかるかしら。もちろん、あなたにわかるはずがない。だってわたしもわからないから。答えなんてわかるはずがないの。たとえばそう、混沌？　無秩序？　アナーキー？　たしかにすべてが始まる前には、そんなものがあったかもしれない。でもそんなものいくら並べても、結局は言葉でしかない。言葉をいくら弄んでも、わたしたちはどこにも行けない、たどり着けないに決まっているでしょう。でも違ったの。叔父は違った。叔父はたしかに、その答えを知っていた。言葉や比喩としてではなく、ほんとうに知っていたの。だからあの人は特別だった。だからわたしはあの人が好きだった。叔父もわたしを愛してくれたわ。彼はわたしの父であり、兄であり、恋人であり、すべてだった。あの人は、大勢の女を手に入れて捨てたけど、種無しだから子供はなかった。それで唯一血の繋がりのある、遠縁のわたしを引き取り、姪として育ててくれた。つまり、あの人がわたしにとって特別だったように、わたしもあの人の特別だった。彼はわたしを泥から練り上げ、撫でまわし象《かたど》ってくれた。息を吹き込んで魂をくれた。わたしは叔父の作品だった。この街がそうであるように。足の指から髪の一本まで、彼の息吹で満たされている。その魂を分かち持っている。だから彼とは、特別な関係だった。他の人にはわかるはずがない。あなたにだってわからないでしょう。あなたはたしかに少しばかり叔父に似ているところがあった。あなたは誰とも関係を持たない。持つことができない。そのことは認めるけれど、だからってわかるはずがないの。だって馬鹿みたいじゃない。死んだ奥さんはもちろん、あなたの浮気に感づいていた。だから死んだに決まっているのに、いつまでも自分自身を偽っている。あなたは知らないけれど、あの不倫相手もしばらくしてから自殺している。夫にも愛人にも捨てられ、一人きりで死んでいったのよ。それもこれも、みんなあなたがもたらした不幸。あなたは血も涙もない人間。そうでしょう。あなたはそういう人間だった。そう、それだからよかったのに。なのにあなたは、ありもしない罪の意識を弄んでいる。そうやって自分で自分を騙している。でも叔父はけっして自分を偽ったりしなかった。だからあなたはしょせん探偵止まりで、それもただの探偵ではなく動物が専門だって。笑ってしまうわ。おかしいと思わないの。いつまでそうして、自分をからっぽにしておけるのかしら。なぜってそう、魂に内なる地図を持つものだけが、ほんとうの宝を探し出すことができる。これも叔父が言っていたことの受け売りだけど、あなたはそんなものを持っているのかしら。誰にも盗むことのできない地図を。もし持っていないとすれば、こうしたすべては無駄ということになります。わたしたちはどこにも行けない。どこにも戻ることができない。迷子の迷子の子猫ちゃんは結局、家に帰ることができたのかしら。あの歌の結末はどうなっているの。名前を聞いてもわからない。お家を聞いてもわからない。あの子猫はいったいどこに行ったの——」

壊れた機械のようだった。彼女はとめどなく喋り続けた。放っておいたら、死ぬまで続けていたかもしれない。でも不意に急ブレーキで車が止まり、彼女の話もそこで途切れた。もぎ取られた言葉の切れ端が、死者の魂のようにしばらく辺りを漂っていた。彼女の瞳はどんよりとして、少しの間に一気に年老いたように見えた。

すぐに運転席の敷居が下がって、運転手の声がした。「お話し中のところを申し訳ありません。ですがどうも厄介なことに巻き込まれたようです」ただならぬ空気は、その態度から直に伝わってきた。わたしは急いで窓を開けて見た。

前方に見えたのは、犇《ひし》めく車輛の群れだった。事故でもあったのか。ひしゃげて大破した車も見られる。そしてその間を埋めるようにして、大勢の人間が群れ集っていた。あたりはすでに喧騒に埋め尽くされていた。誰もが大声で喚く。ほとんど意味を成さない言葉で。

夜の路上でそこだけが、人と車でごった返している。それだけでも不思議な光景だが、さらに異様なのは、人びとがみな騎士の装いをしていたことだ。張りぼての鎧を纏い、模造刀を腰から下げる。見憶えのあるいでたちだ。あの連中に間違いなかった。ではこれもまた一連のパフォーマンスなのか。しかし目の前で展開されているそれは、あきらかにこれまで見たものとは異なっていた。

まず人数が桁違いだった。見通しの悪い霧雨のなかで、正確な数は知れない。とはいえ少なく見積もっても、百人超の人間がいた。これでは寸劇としてのまとまりが保てない。そこで振われる暴力の質にしても、すでに芝居の域を超えていた。鉄パイプやバットを武器に、破壊活動に勤しむ騎士たち。ボンネットや窓ガラスに一撃を加え、飛び出してきたドライバーに襲いかかる。最初、事故車に見えたものも、彼らの仕業に違いなかった。

「危ない、閉めて！」と運転手が叫ぶが、わたしはすっかり目前の出来事に魅せられている。だから反応が鈍った。視界の端に、黒々とした物体が映る。夜空から降ってきたもののように。目一杯に砂を詰め込んだ瓶だ。窓枠にあたって砕ける。わたしは辛うじて直撃を免れるが、飛び散った破片がこめかみを切る。血がほとばしる。

運転手は、強引にわたしを車内に引き込んだ。窓が閉められると同時に第二波が来た。いくつもの瓶が砕け散る音が、振動とともに車内を脅かす。フロントガラスに罅《ひび》が走った。車を後退させようとするが、すでに後方には、別の車が滞留していた。これでは進むことも退くこともできない。身動きのとれない車体を、彼らはゆっくり取り囲む。

「くそっ」と運転手が毒づく。「なんなんだ、あいつら」

あふれ出る血を手で押さえながら、わたしはその問いの答えを探す。けれど考えはまとまらない。いまや彼らは四方八方にいて、代わるがわる打撃を落としてくる。車体が揺れる。まるで船に乗っているようだ。窓ガラスはもう罅だらけだった。限界が近い。脈拍が、かつてないリズムを刻んでいた。心臓は耳のすぐそばにまできている。意識がだんだん遠のいていく。黙っていた彼女が口を開いた。

「雨具の準備はどうなっていますか?」

「じつは今日は忘れてしまいました」

「だからあれほど、忘れないようにと言ったのに」

「すみません。しかしそういう日もあります」

「こういうときは、相合い傘で乗り切るべきでした」

彼女はすばやくわたしの首根っこをつかみ口づけをした。とびきり濃厚なキスだ。唇は冷たい。でも舌は火のように熱い。強い花の香りがする。わたしは激しく勃起している。

斜め前方の車が突然爆発炎上する。火焰瓶の投擲が始まっていた。

念のため、主従はもう一日森のなかで過ごした。しかし追っ手は現われなかった。どうやら安全は確保されていた。だが姿を現わさないのは、件の三騎士ら同様だった。役目を果たしての退場なのか。たしかに角笛は託されていた。だが老人は釈然としない。すると従者が意見を述べた。

「おいらが思うにあの騎士たちは、やはりよそから来た方々ですが」

「お前は以前もそう申したな。しかしその、よそとはいったいいかなる意味か？」

「つまりおいらや旦那さまが属する、この物語とは別の物語という意味ですが」

「おおサンチョ、お前の無知は変わっておらぬな。われわれの物語に、別の物語の誰それが入りこむ、そのような無法が許されるものか」

「いやこれは、旦那さまのお言葉とも思えませんが。だって旦那さまの物語自体、お世辞にも秩序立ったものではなかったでしょうが。とくに第三の遍歴など、贋者のドン・キホーテに対抗して、旅の行く先を変えたりしなすって。行き当たりばったりもいいところでしたが」

「む。それはたしかにそうであったが。あれは、贋作に抗議してのふるまいであった。それとてわしの物語であることに違いはなかった。しかしかの三騎士については、まったくあずかり知らぬことである」

「それがそうでもないかもしれませんが。いえ、おいらも昨晩、眠りこける寸前に気がついたんですが。あの三騎士と旦那さまを合せて、都合四人の騎士がおられるわけです」

「それがどうしたのか」

「憶えておられるでしょうが。あの方々はそれぞれ白馬、赤馬、黒馬に乗っておいででした。それでいて旦那さまが乗っておられるのが、あの青白い馬ですが。これだけの要素がそろえば、思いつくことはひとつです。黙示録の四騎士ですが」

「これはまた噴飯ものの解釈であるな。たしかに聖書と言えば書物のなかの書物。わしらばかりではない。あらゆる物語の、母胎とでも言うべき存在であるが。しかしだからといって黙示録とは。牽強付会の誹《そし》りをまぬがれぬ」

「でもここに、角笛があるわけですが。そうですが。黙示録では、封印が解かれるごとに騎士が現われ、四人の騎士が揃ったところで天変地異が始まるんですが。大地震が起き、太陽も月も暗くなって、天の星が地上に落ちて。そいでその後、ほんとうの終末を告げる、角笛の音が鳴り響くんですが」

「それくらい承知しておる。第一の角笛が鳴ると、血の混じった雹《ひょう》と火が降る。第二が鳴ると、山のような火の塊が海に落ちる。第三が鳴ると、巨大な彗星が川に落ち、水が飲めなくなる。第四が鳴ると、太陽と月と星が壊れ、第五が鳴ると、星が地上に底なしの穴をあける。第六が鳴ると、天使が地上の人間を殺し、第七の角笛で、最終的な終末が訪れる。そうであろう」

「いえ、そこまで詳しくはわからないんですが。おいらも実物を読んだわけじゃないんで」

「なんだ。読んでもおらぬのに憶測で申したのか」

「これも旦那さまはご存知ないんでしょうが、先の世紀末には、終末論がやたらと流行りましたんで。この手の事情はずいぶん広く出回ったもんです。おいらが小耳にはさんだのも、そうした流れですが」

「ふん。流行に乗るばかりで、原典をたしかめもせぬ。浅薄なことであるな」

「面目次第もないことで。ですが大筋は合っておりますでしょう。いま、旦那さまの手元に角笛があるということ。これにはなんらかの意味があるはずなんですが」

「意味などはどこにでもあろう。それこそありふれたものにすぎん。問題は、己がどんな意味を選び取るかだ」

　老人はおもむろに角笛を取り出し、口にあてがった。大きく息を吸ってから吐き出す。予想外に甲高い笛の音が、森一帯に響き渡った。驚いた鳥たちが梢から飛び立ち、木々がざわめく。森しばし喧騒に包まれ、しかしほどなく静寂が戻った。それ以上のことはなにも起こらない。

「どうやら」と老人は言った。「雹も火も降りそうにないな。お前の見立ては外れたようだぞ。もっともそんな物騒なもの、外れるにこしたことはないが」

「旦那さま、そいつはまだわかりませんが。いまここで目に見えずとも、どこか別の場所で、終末は始まっているのかもしれませんが」

「また適当なことを申しておるな。まあよいわ。それより角笛の音で、思い起こしたことがある。わしはそう、羊飼いになろうとしたことがあった。あの第三の遍歴の後で。しかしわしは病魔に倒れ、床に臥せって夢は潰えた」

「ああ、それでしたら憶えていますが。銀月の騎士との決闘に負けて、失意の帰郷をするさなかだったでしょう。てっきり敗戦のショックで、おかしくなったかと思っていたんですが。あれは本気だったんですか」

「無礼者め。わしにはいついかなるときも本気であるぞ。呼び名も決めておったくらいだ。わしは牧人キホーティスとなり、お前を牧人パンシーノと呼び、羊と戯れ、野山を走り回るつもりであった。けっして忘れていたわけではない。いままで強く意識することはなかったが、しかしこれこそ、わしの本分だったかもしれぬ」

「ではそれがこの、第四の遍歴の目的だったと？　でも、おいらとの約束はどうなるのですか。おいらに王国を授けてくれるっていう話は」

「それはそれ、これはこれである。存外、王国など堅苦しくてつまらないものかもしれぬぞ。それよりも羊たちとともに、野を駆けるほうがおもしろいのではないか。そう思わぬか、サンチョ。ともあれ参ろうではないか。わしらが率いる羊の群れを探しに」

「しかし旦那さま――」

「黙れ。なんにせよ、話は羊を見つけてからだ」

老人は勇んで馬にまたがり、強引に出立をする。従者もしぶしぶこれに従う。ほどなく二人は森を出て、広い草原にさしかかる。湿った草が延々と茂る、海のような草原だった。道らしい道はなく、人の立ち入った形跡もない。主従は草をかきわけて進んだ。背後から、冷たい風が吹き抜けていく。雲がすばやく空を流れた。

時もまた、おどろくべき速度で流れていった。日はあっという間に中天に達し、まもなく傾き没しようとしている。時間の感覚が狂い始めた。そればかりではない。一日中歩き回って、方角も見失っていた。

仕方なく、草原を走る小川に沿って上流に向かった。やがて滝の音が聞こえてきた。茂みが途切れ、ごつごつとした岩場に変わり、澄んだ渓流が姿を現わした。小さな滝の麓まで来ると休憩をとった。水はひんやりと冷たくて甘い。二人は夢中になって飲んだ。生き返った心地がした。ようやくひと息をついたところで老人がこぼした。

「しかしいったいどうしたことか。これほど探し回ってみても、羊の影も見当たらぬとは。ラ・マンチャの野にはそう、軍勢と見まごうばかりに羊が群れていたものだったが」

「旦那さま」おずおずと従者は言った。「ひとつ申し上げてよろしいですか?」

「許す。なんなりと申せ」

「たいへん申し上げにくいことですが、この国には放牧される羊はおりません。大陸ならばいざ知らず、温暖湿潤の島国ですから、そうした飼育法は適さないわけで。たいていは柵に囲って飼われておるのですが」

「なに。それではこの地で、羊飼いとして生きることはできんということか。なぜそんな大事なことを黙っておったのだ」

「旦那さまが、黙れとおっしゃったからですが。それに旦那さまの意気に、水を差すのはどうも気が引けて――」

「おお。ではこの探求も、まったくの無駄足ということか。なんたること」思わず絶句し、肩を落とす主人。しかし思いのほか明るい声で、従者は続ける。

「ああ旦那さま、しかし気落ちするには及びませんが。おいらはようやくわかったのですが。この旅が始まって以来、旦那さまがこれほどやる気を見せたことはありません。だからたしかに、羊飼いになることこそが、旦那さまの定めなんでしょう。それは間違いのないことですが」

「しかし現に羊がおらぬ。羊もないのに、羊飼いとはいかなることか」

「そこです旦那さま。羊、羊と申しても文字通りの羊とは限らないということですが。そこで話は黙示録に戻りますが。あの預言には、たしかに書かれてあったはずですが。世界の終末の後に、一人の牧人が現われるであろうと。それで迷える子羊である人びとを導くのだって。その人は、鉄の杖を持っているって話もありましたが。ちょうどいまの旦那さまのように」

「サンチョ、なにを申しておるか。それは救世主その人のことを指しておるのだ。恐れ多い話であるぞ」

「救世主だかなんだか、おいらには難しいことはよくわからないんですが。でも肝心なことは、その羊飼いが人びとを導き、王国を築くってところで。そしてそれは千年も続く、たいそう立派な王国だそうなんですが。それで旦那さまとおいらの約束の意味も、ようやくわかってくるわけです。つまりその千年の王国こそ、おいらに渡してくださるものなんですが。これはきっとそう、そういう話に違いないんで。もう誰がなんと言おうと、そういうことに間違いないんですが！」

探偵　Ⅶ

　グラスの割れる音がした。唇伝いに流れ込んできた液体は甘い。視界が揺れる。酩酊。もっと深い。もっとも深い。炎が見える。赤くゆらめく。女は緋色に輝いている。太陽を纏《まと》うように眩しい。でも、するりと服を脱ぎ裸になった。さなぎが羽化するときのように。皮膚は白く透きとおって濡れている。首筋から乳房にかけて、青い静脈が浮かんで見える。ほんとうに虫のようだ。腰はほっそりとして柔らかく、下腹部の茂みは薄い。「ほんとうは」と女は言った。「こんなことしている場合じゃない」それはそうだ。そのとおりだとわたしは思う。しかし前後の脈絡は失われている。ひざまずいた女は、わたしのズボンのジッパーを下ろし、すでに硬直したペニスを取り出した。いとおしそうに撫で擦りながら口に含む。なかはぬるぬるとして、底なしの沼のようだ。ねばつく舌が、一個の生き物のようにわたしをとらえて離さない。おかげで勃起は痛いほどに完璧だった。いまにもはちきれそうになってきている。わたしは射精を遅らせようと、頭のなかで羊の群れを数えはじめる。でもそれは、眠られぬ夜のためのものだ。七匹を数えたところで試みは潰え、かつてない絶頂に達する。脳裏には数多の羊が置き去りにされ、恨みがましい目でこちらを見つめ、わたしは猛烈な勢いで精液を漏らし、女はそれをごくりと飲みこむ。それから四つん這いの姿勢のままで、小さな声でメエエと鳴く。突然、お腹がぐうと音を立てて鳴る。唐突に空腹を覚え、わたしは凶暴な欲望にとらわれる。女を八つ裂きにし、食べてしまいたいと思った。女を床に組み伏せ、背後から犯す。ヴァギナはバターのように温かく濡れ、わたしが腰を突きたてるたび、ぴちゃぴちゃと湿った音を立てた。白い背中が濡れて輝く。ねじ切られ、押し潰された花。その強い香気が広がる。わたしは女の肩に噛みつき、醜く赤い歯型を残した。女は甲高い叫び声を上げる。それから腰をくねらせて悶え、身体を小刻みに痙攣させて嗚咽する。卑猥な言葉を叫びながら、もっともっとと言いつのる。口の端から垂れた涎が、顎を伝って床にわだかまる。そうして幾度も絶頂を迎え、その度に失禁を繰り返す。辺りは強いアンモニア臭に満たされ、それでものたうち、女はなおも求め続けた。わたしたちは、飽くことも倦むことも知らずに交わる。獣のように愛しあう。眩暈《めまい》とともにさらに深みに落ちていく。痺れが頭上から降り、肩と脇腹と脊椎を伝う。腿と脹脛《ふくらはぎ》と足先に広がり、下腹部を満たしてゆく。甘い無感覚のなかで、ペニスだけが熱く膨れ上がっていた。それは火のように熱い。女の襞の奥底を抉り、掻き回しては突き上げる。沸き立つ血を、女のいちばん深いところに吐き出したい。ペニスはそのまま膨張をつづけ、いつしか一個の龍と化す。暗がりに浮かび上がる都市を見下ろす。龍が吐き出した火は、街を呑み込み、焼き尽くすだろう。押し寄せる炎の波に、やがてすべては押し流される。火の手が群がり、延べ広がり繋がっていく。すばらしい速度で。すでに辺りは昼のように明るい。

わたしたちは火に囲まれている。女は言う。「火は雲を集め、雨を呼び寄せる。でもその行く末を占うことはできない。空気はただ吸うことはできても、ほんとうの意味で読むことはできない――」それどころじゃない。でもわたしはなお、機械的に腰を動かす。みしみしと背骨を軋ませながら。痺れた頭でただこう思う。天気図の読み方ぐらい勉強しておけばよかったと。でもたぶんもう、ほとんどすべてが手遅れだった。

目を覚ましたとき、下半身に冷たい痺れのようなものを感じた。夢精してしまったのだろうか。だとしたら是非もない。けれど痺れは、徐々に全身に広がっていくようだった。不安に思い身を起そうとするが、思うにまかせない。身体に力が入らなかった。ただ水底に沈んでいくような、重い無感覚があった。

わたしはベッドに横たわったまま、かろうじて身をよじり周囲を眺めた。そこは白い部屋だった。天井も壁もカーテンも、みな一様に白い。どうやら病室のようだ。でもどうしてこんなところにいるのか。記憶はまったくさだかではなかった。

思い出そうとして行き当たるのは、夢のなかの女のことだ。白い肌、濡れた手ざわり、花の匂い、そうした諸々がよみがえってくる。でもそれだって、全体の絵柄の知れないジグソー・パズルのようだった。断片的で繋がりを持たない。そのくせ記憶が刺激されるたび、勃起だけは正確に起こった。忠実な機械のように。

意識は何度か断続的に途絶え、また回復した。繰り返すうち、だんだんと輪郭を取り戻していく。医師や看護婦が代わる代わるやって来て、検査を施し面倒を見る。わたしは簡単な受け答えをする。住所・氏名・年齢・職業その他諸々、すべて問題なく答えることができる。けどそうしたプロフィールが、ほんとうにこのわたしのものなのか。確信はない。あいかわらず、ぽっかりした空白のなかにいる。

ただ身体の痛みだけが現実味を増していった。頭部と右肩、右脇腹と左大腿部、各々には包帯が巻かれている。各部とも鈍い痛みが残されていた。傷の具合がどの程度なのかわからない。そもそもどこで、どうしてこんな大怪我をしたのか。それすら曖昧なままだ。事情らしきものを聞かされたのは、警察の人間からだ。

目覚めてから一週間が過ぎた日の午後だった。刑事が病室にやってきた。脂で黄ばんだ指と歯を持つ中年の男。黒目勝ちの眼と、濡れた鼻と、硬そうな髪と、筋張った大きな手も持っていた。

「お気の毒でしたね」と彼は言った。「でもどうか安心してください。あんたを襲った連中については、無事に逮捕されましたんで。事態は沈静化に向かっていますよ」

「正直、よくわからないのですが」とわたしは言った。「わたしは誰かに襲撃された。そういうことで間違いはないですか？」

「そうですな。ええ、そう。ちょうど一週間前の夜ですか。場所は臨海地区の公園付近。あなたは一人で車を走らせていた。そこを奴らに襲撃されちまった。まあ詳しいことは、後日調書を取らせてもらいますよ。また協力してもらいますので、そこのところはよろしくを」

「ちょっと待ってください。じつは記憶が混乱していて、よく憶えていない。そもそもわたしは一人だったのか。どうもあやふやだ。ちゃんとした証言になるかどうか――」

「いやいや、そこは心配なく。医者の話では、一時的なショック症状だろうということですよ。ゆっくり休めば治るでしょうと。調書を取るのはそれからでけっこうだ。犯行時の状況については、別の記録もあることだし、急ぎはしない」

「別の記録というと」

「動画ですよ。奴らは犯行の一部始終を録画していたんですな。それをリアルタイムでネット中継していた。ほんとうに、正気の沙汰とは思えんですが。まあ今回にはそれが動かぬ証拠。奴らの仇になったわけだ」

「どうしてわざわざ、そんな不利になるようなことを？」

「まあ一種の、劇場型犯罪というやつでしょうな。こういう派手なことをやって、人の注目を集めたいというわけで。目下取り調べの最中ですが。ほんとうに胸くその悪くなる連中だ。相手は誰でもよかったなんて言ってね。まったく、やられた方の身にもなってみろって話だ」

「そういえば連中はなにか、へんな衣装を着けていませんでしたか？」

「ああ、そうですね。鎧を着けて、兜を被っていました。まあ、どちらも量販店で売っているようなパーティーグッズだけども。全員がそのいでたちをしているんだ。まったくふざけた奴らです」

「あれにはどんな意味があるんだろう？」

「意味？　そんなものありっこないでしょう。連中はただの模倣犯なんだ。わたしらもいま捜査を進めているところですがね。最初にこういう、ふざけたパフォーマンスを始めた奴らがいたんですよ。なんでも街頭演劇とやらでね。無許可で上演するものだから、当然トラブルにはなった。思えばその時点で、徹底的に取り締まっておくべきだったんだ。そうしておけば、こんな騒動にはならなかった」

「いまはそんなに大きな騒動になっていると？」

「いや、そこまででは。ただ映像を見て、刺激された連中が次々現われましてね。同じように騒動をやらかし、また同じような中継動画を流すわけだ。それで逮捕者が続出しているような状態です。もちろん事態は沈静化しつつあるわけですが」

「その、わたしが襲われたときの映像は、まだ見られる状態にあるのですか？」

「いや、それは」と彼は口ごもった。黒目勝ちの目で、わたしをうかがう。「もちろんこれはれっきとした犯罪行為だ。すでに削除要請が出ています。しかし問題は、おもしろがった連中がこれを拡散をすることなんです。その数と速度はものすごいもんで、だからどうしても手に負えなくなってしまうんですな」

「ということは、探せば見れるということですね」

「もしかして見るつもりですかね。それはおすすめできませんな。ショックがぶり返すかもしれない。見るにしても、少し時間をおいてからの方がいい」

「わかりました。でも確認したいだけなんです。ほんとうに一人だったのどうか」

「いやいや違うんだ。相手は七人です。逮捕したのはそのうち五人。あとの二人については行方を追っているところで」

「いえ。相手ではなくわたしが、です。わたしは誰かと一緒にいたんじゃないか。ずっとそう思えてしかたがないのだけど」

「たぶん」と刑事は気の毒そうに言った。「まだ記憶が混乱しているのでしょうね。まあいまは休んで回復に専念してください。じきよくなるでしょう。大丈夫ですよ――」

とうていそうは思えなかった。刑事が帰ってから、わたしは病院の事務所に頼んでPCを借りた。動画を検索すると、芋づる式に次々出てくる。いずれも《ドン・キホーテ・アクション》というタグが付けられている。張りぼての鎧を着た騎士たちは、方々で暴れ回っていた。コンビニを襲撃したり、ビルの裏手に火を点けたり、車上荒らしを繰り返したり、踏切や信号を破壊したりしている。

みな兜を被っているから、表情はうかがい知れない。でもとくに興奮した様子はなく、むしろ淡々と仕事をこなすようにしてやっているさまが不気味だった。犯罪に加担しているという自覚は、たぶんないのだろう。徒党を組んでことを成すこと、それ自体を目的としているような印象もある。やられる側としてはたまったものじゃないが。

わたしを襲った連中も同様だった。方々のリンクをたどって、ようやくその動画を見つけた。背景が暗いうえに、粒子の荒い映像だったが間違いなかった。そこに映っているのはわたしだった。

映像は車が石を投げつけられ、路肩に乗り上げるところから始まっている。運転席から転げ出たわたしを、張りぼての騎士たちが取り囲む。刑事が言っていたとおり、人数はおそらく七人。みなが手にバットを持っている。それで容赦ない打撃を加える。カメラは少し離れたところにいて、淡々と事態を記録していた。

動画のなかで、わたしは地面にうずくまり、めった打ちにされていた。血反吐を吐いているようにも見える。でもどこか奇妙な違和感がつきまとっていた。映し出されたわたしの姿と、いまここにいるわたし自身が、まるで別物のようだった。身体に残る痛みだけが証拠だ。それがなければ、わたしによく似た赤の他人の災難。それにしても、なぜわたしは一人なのだろう。わたしは誰かと一緒だったような気がしてならない。

惰性で検索を続けてみたが、それ以上の収穫はなかった。それでも刑事がうそを言っていたことはわかった。うそでなければ希望的観測だ。つまり事態は、沈静化に向かってなどいない。むしろ加熱する一方と言っていい。動画の投稿はますます頻繁になり、行動はさらに過激化しているようだ。参加の人数も増えてきている。とくにこの一週間で、その傾向に拍車がかかっているように見える。わたしの事件もその一端と言うべきかもしれない。

削除され、再生できない動画も多かったが、それもけっきょくは別サイトに移っているだけだ。取り締まりを強化したところで、文字通りイタチごっこになるだけだろう。根元を絶とうにも、どこが根かさえわからない状況なのだ。そしてこうしている間にも、静かな暴徒は仲間を増やし、活動の版図を広げているはずだ。これといったスローガンもなしに。疫病を運ぶネズミの群れのように。

だんだんと気分が悪くなってきて、PCを閉じ病室に戻った。ベッドに横たわり目を閉じた。そのまま眠ってしまいたかった。けれど神経が昂っていてうまくいかない。窓の外を、風がごうごうと吹き抜けていった。その音に耳を澄ませていた。

そうしているうちに、おそるべきことに気づいた。この一週間、わたしは仕事のことを失念していた。単に意識していなかっただけではない。完全に記憶が途絶えていたのだ。そのことを不意に思い出した。

わたしは失踪した首領《ドン》を探している。それが仕事だ。わたしの仕事だ。なぜならわたしは探偵だからだ。夢の女は会長の姪、そしてわたしの依頼人だった。わたしは彼女と一緒にいたのではなかったか。どうしてそんな肝心なことを忘れてしまったのか。

わからない。よほど打ち所が悪かったのだろうか。だとしたら、他にもなにか重要なことを忘れてしまっているかもしれない。わたしの記憶には、どこか致命的な死角のようなものがあるのではないか。どこかで誰かがそう言っていた。急に地面が消え、空中に投げ出されたような気分がした。一刻もはやく事件に戻らなければならない。そう思った。わたし自身が、どんな欠落を抱え込んでいるのだとしても。

身体の具合はまずまずだった。節々に痛みは残っていたが、日常の所作に問題はない程度。医者を説き伏せ、なかば強引に退院するまで、それでも三日ほどかかった。都合十日ほどの空白が生じたことになる。事件が進展するには一分な時間だ。はやく遅れを取り戻さなければならない。でも気持ちばかりが焦って、なにから手をつけていいのか見当もつかなかった。なぜかすべてが手遅れのように思え、漠然とした無力感にとらわれていた。とりあえず事務所に戻って、落ち着いて考え直さなければならない。迷ったときは、スタート地点に戻る必要がある。

もちろん、事務所の場所を忘れたりはしていなかった。そこはわたしの帰るべき場所なのだから。わたしはそこで依頼を受けて、仕事に出かけ、そしてまた帰ってくる。そうしたルーティンの繰り返しこそが、探偵としてのわたしの身分を証し立ててくれる。地下にある事務所に向かう階段を降りながら、わたしは安らぎに似たものを感じていた。

玄関のドアを開けてなかに入る。開けたのはわたしの鍵だ。間違いない。そこはわたしの事務所だった。デスクとソファーの置かれた来客用スペース。その奥に、手狭だが快適な生活スペースが続く。ベッド、本棚、クローゼット、バス、キッチン。部屋の間取りも家具の位置も、なにもかもわたしの記憶どおりだった。壁に貼りつけた雪原の写真も変わらずにある。あたり前だ。そこはわたしの事務所なのだから。

にもかかわらず、曖昧な違和感が残っていた。わたしは意味もなく部屋のなかを歩き回った。すべてがただしい位置にある。そのはずなのに、どこかしらズレがあるように感じられた。すみずみまで丹念に模写したはずの絵が、元の絵とどこかしら違う印象を持ってしまうときのように。しばらく歩き回ったすえに、このことは後で考えようと決めた。体勢を立て直すことが先決だった。

わたしはバスルームに行き、熱いシャワーを浴びた。汗を流して身体を洗い、丁寧に髭を剃った。着替えると、キッチンに行って湯を沸かす。豆から挽いてコーヒーを淹れる。単純な作業に没頭していると、少しずつ日常が戻ってくるように思えた。古い時計のネジを巻くようなものだ。そうすれば、時間は再び動き出す。

コーヒーを飲みながら、ざっと掃除を済ませた。たまった埃を払い、掃除機をかける。冷蔵庫を開け、賞味期限の切れたミルクとハムを捨てた。それだけ済むと、ようやくひと息つける気がした。つきまとっていた違和感も、だいぶ薄まった。やはり一時的な気の迷いだったのだろう。後は仕事を再開するだけだ。

デスクに着いて、まずは溜まっていた新聞を読んだ。あいかわらず、わたしの関心を惹くような事件はなかった。むしろ気になったのは、一連の暴動について、ほとんど報じられていないことだった。わたし自身が巻き込まれた事件も、社会面で軽く触れられている程度だった。もちろんわたしの名前も出ていない。警察の側が、情報を伏せているのだろうか。

新聞が片付くと、今度は郵便物にかかる。宣伝のチラシやガス料金の伝票、協会からの事務通知など、ずいぶん溜まっていてうんざりする。だがすぐに目に付いたのは、大判の封書だった。ぶ厚くてずっしりと重い。開けてみると、クリップで綴じた書類の束が入っていた。宛名を見ても、ピンとこなかったが、添え状を見てすぐに思い出した。先日、ホテルのラウンジで『ドン・キホーテ』の話を聞かせてもらった男だ。確か仏文学の教授で、二十世紀前半の象徴主義が専門だった。簡単な挨拶の後で、彼はこう書いていた。

——先日、トゥールーズで開かれた学会に行ってきたんだが、そこで驚くべき発見があった。きみが探していた例の《ドン・キホーテ第四の遍歴》についてだ。向こうの研究者の発表のなかで、その話が出ていたのだ。ピエール・メナールの遺稿が見つかったという触れ込みでだ。学会の後、その研究者とは直に話したが、正直ちょっとあやしいとは思った。古本市で偶然見つけた雑記帳が、メナールの原稿だったというんだ。そこには、第三の遍歴を終えたドン・キホーテの、その後の冒険が記されていたという。どこまで信憑性のある話なのかはわからなかった。とはいえ、きみの件もあって気になったので、頼み込んで写しをもらってきた。それでさっそく読んでみたんだが、はっきり言って内容は荒唐無稽だ。しかしどういうわけか、気になる作品ではある。帰国後、試しに翻訳をしてみた。せっかくなので、きみにもちょっと読んでもらいたい。添付したのはその原稿だ。よかったら、感想を聞かせてくれたまえ。

わたしはさっそく原稿を取り出して読んだ。それはこんな内容だった。

老人が一人、山道を降ってくる。粗末な寝間着を身に纏い、というかそれ以外になにも身に着けてはおらず、腕や腹には、木の枝でできた、真新しい擦り傷が目立つ。足も裸足で、傷だらけのうえに泥だらけだった。ふらふらと危なっかしい足取りで、暗い藪のなかを進む。青ざめた顔は虚ろで、しかししきりに左右に目をやり周囲を気にしている様子。口元からは、絶えずつぶやきが漏れる。手はなにかを払うような仕種を執拗に続けている。

老人はようやく舗装された道路の真ん中に出る。周囲はまるで海の底のよう。しんしんとして寂しくて冷たくて重苦しい。しかし老人の頬はたしかに風を感じていたし、呼吸もまったく苦しくはない。だからそこが海の底でないことはたしかで、しかも屋外であることも確実だった。頭上には星は見えない。だが厚ぼったい雲が、空を覆っているのがわかる。道路がどこから来てどこに行くのかは、皆目見当がつかなかった。ずうっと先の方に、ぼうっと光る明かりがあって、老人はとりあえずそこを目指して進む。

わしはここがどこかを知らない。老人はそう思う。自分が誰かもあやふやなのに、そんなことまで知るわけがないと。だがどういうわけか怖くはなかった。むしろこれこそうってつけの場面、わしにふさわしい舞台ではないのか。そんな気分がむくむくと湧きおこってきて胸を鼓舞する。なぜならわしはいつでもこうして、いずことも知れない場所で、あてどない遍歴を続けてきたのではないか?

するとと老人の脳裏に、姪の怒った顔が浮かんだ。ふくれっ面を向けて、姪は彼に向けこのように言う。「いったいどうなさったというのです、叔父さま。せっかくわたしたちが、今度こそ叔父さまは家のなかに引っこんで、静かでまじめな生活をなさると思っていましたのに、また新しい八幡の藪知らずに入り込もうとなさるのですか?」

「おお、そうだともかわいい姪よ」老人は叫んだ。「わしは三度にわたる遍歴を成した。たぐいまれな冒険をし、数限りない危機を乗り越えてきた。銀月の騎士との闘いに敗れ、ついに帰郷を余儀なくされたときも、たしかにいささかくたびれてはいたが、希望を失ってなどいなかった。わしは故郷の村で、羊飼いになろうと決めていたのだ――」

そこまで読んだところで電話が鳴った。わたしは読むのに集中していて、すぐ動く気にはなれなかった。中腰の曖昧な姿勢のままで、文章を読み進める。しかしベルの音は執拗に続いた。とうとう根負けをして、わたしは受話器を取った。

「ああ、やっと繋がった」と遠くで誰かが言った。「どこに雲隠れしていたんですか。ずっと電話をしていたんですよ」

うなるような声、出し抜けの非難に、わたしは苛立った。おまけに相手が誰かもわからなかった。

「誰ですか?」

「ぼくですよ、ぼく。こないだ施設で会った――」相手が名乗ってようやく思い出した。首領が入所していた、山奥の施設の医師だ。わたしはトーンを和らげて応じた。

「ああ、失礼しました。その節はどうも」

「いったいどうしてたんですか。何度も掛けたんですよ」

「いやちょっと仕事でトラブルに巻き込まれてしまって。しばらく入院していたんです」

「おやおやそれは。しかし仕事というのは例の件ですかね?」

「そうです、首領の件。捜索はいまだ難航中でしてね」

「では、やはりまだ知らなかったんですね」

「なにがですか?」

「見つかったんですよ」

「なにが?」

「首領がです」

「なんですって?」

「だから首領が見つかったんです。三日前のことですよ。そのことで、ずっとあなたに連絡していたわけで」

わたしはしばらく呆然として、相手の声もろくに耳に入らなかった。首領が見つかったって？　どうしてこいつがそれを知らせてくる？　こわばった口調で、わたしは言った。「どういうことです？」

「どうもこうも。まあ、単純な話ではあるのです。首領はずっと、うちの施設に居たわけです。つまり失踪などしていなかったことになる」

「ちょっと待ってくれ。意味がわからない」

「いや、文字通りの意味ですよ。彼はここの敷地内で見つかったんです。王確には地中でね。警察によると、死後数か月は経過していたそうです」

「死んでいた、ということですか？」

「もちろんそうです。地下壕の隅でね。蹲るようにして亡くなっていた」

「なら、わたしがしていたことはなんです？　とうに死んだ人間の後を追いかけていたことになる」

「それはまあ、お気の毒としか言いようがないです。しかし当方にしても晴天の霹靂《へきれき》でして。まさかこんなことになるとは。いや、そもそもうちの施設の地下に、あんな広い地下道が埋もれていたなんて。それ自体知らなかったんです」

「ふざけた話だ。だいいちどうしていままで見つからなかったんだ？」

「いや、そう興奮しないでください。発見に至った経緯ですが、これはわかりやすい。なにせ当事者はぼくです。ありていに言って偶然ですが。そう、以前お話ししたと思いますが、ぼくは趣味で埋蔵金の発掘をしていまして」

「埋蔵金？」

「おや、お忘れですか？　この施設を含む一帯には昔から、財宝が隠されているという伝説があるのですよ」

その話をしていたのはこの男だったろうか？　わたしは違和感を抱えつつも続きをうながした。

「それで？」

「ぼくもまあ真に受けるわけではないけど、余暇の楽しみに発掘作業に勤しんでいるんですよ。それでいつものように地面を掘り返していたら、地下の防空壕跡を見つけたというわけです。この建物は、戦中に建てられていますから、そういう遺構があってもおかしくはなかった」

「そこで首領を見つけたんですか？」

「ええ。そうです。地下道は複数に枝分れして、迷路みたいになっているんです。前後の事情はわからんのですが、どうやら迷い込んで出れなくなったらしい。あの人の部屋の奥には、地下壕に続く入口があったんです。これも地下からたどってようやく判明した事実なんですが。どうもそこから入り込んでしまったんじゃないかと」

「馬鹿げている。あんたたちの施設管理はどこまで杜撰なんだ」

「それについてはお詫びのしようもありません。しかしこれで謎は解けたわけです。よく考えてみれば、首領がここを抜け出したという証拠はなかったんです。ならば当然、ここに留まっていることになる。推理の初歩というわけですね」

「意味がわからない。いったいこの事件はどうなっているんだ」

「ふりだしに戻るといったところではないでしょうか。いや、すでにもう終わっていると言ってもいいのかもしれない。首領はもう亡くなってしまったわけだから」

「彼女はどう言ってるんですか？」

「彼女？」

「首領の姪ですよ。わたしの依頼人の」

「そう、そのことです。彼女にはずっと連絡をとろうと試みているのですが、一向に繫がらんのです。それで代わりと言ってはなんですが、あなたに電話をしているわけでして。あなたの方で連絡がつけば、一刻も早くこのことを知らせてもらいたい。そういうわけなんですが――」

わたしは返事もせず通話を切った。そして即座に彼女に電話をかけた。番号だけはなぜかそらで憶えていた。間違いはないはずだ。でもプップッという雑音の後で、女の声が聞こえてきた。その番号は現在使われておりません、と言った。

わたしは受話器を手にしたまま、椅子に座った。崩れ落ちた、といった方がいい。どういうことか？　どういうことか？　どういうことか？　疑問符ばかり膨れ上がって、頭が破裂しそうだった。わたしの記憶には、どこか致命的な死角のようなものがあるのかもしれない。改めてそう思った。

　たぶんそのとおりなのだろう。目の前には新聞の見出しがあった。一面の大きな記事だ。変死体で見つかった首領のことを報じている。彼の生涯、業績、評価などが紹介され、突然の死に驚く関係者の声が載っている。死亡の経緯は、警察が目下調査中とのこと。ついさっき、わたしはこの新聞に目を通したはずだ。にもかかわらず、関心を惹くようなことはなにもないと思った。わたしはたしかにそう思ったのだ。

　不意に耳鳴りが始まった。金属を引っ掻くような不快な音だ。それは徐々に大きくなり、やがて耐え難い騒音に変わった。

騎士　Ⅶ

　やがて新しい朝がやってきた。日の出とともにカラスの群れが、街の上空に姿を現わす。白い壁と青いガラスを煌めかせている高層ビル。その脇を斜めに横切っていく黒い鳥たち。目当てはまだ回収されていない生ゴミのようだ。都市がその活動の末に、路上にひり出していった排泄物。それを漁って滋養を取ろうと、カラスは街のすみずみに降りる。脂っぽい羽根を操り、しわがれた声で鳴きながら。

　街は目覚めつつある。人の群れも動きはじめた。駅舎から大勢の人が吐き出されてくる。黒っぽいスーツを身に着け、俯き加減に歩く人びと。もちろん彼らは、カラスたちほど一様ではない。一人ひとりが、違う思考と違う顔を持つ人間たち。にもかかわらず遠くから見れば、彼らは一個の集合だった。個々人は、全体に対する部分としてあり、名もなき一個の部品に過ぎない。

　信号が青に変わって、人びとは一斉に動きはじめる。ビルの谷間の、巨大なスクランブル交差点だ。人の波が四方から押し寄せ、その中央にわだかまりを成す。誰しも他人とぶつかるのは怖い。でも先を急いでいるから、人の隙間を縫うように進む。そんなふうに、せわしなく行き交う人混みのなか、いつしか二人が出現している。騎士と従者のいでたちをして、ぽつんとその場に立ち尽くす。

「おおサンチョや、サンチョ」と老人は言う。「これが昨今の都というものか。驚くべきものであるな。こんなに多くの人びとの姿を、わしはいままで見たことがないぞ。かの繁栄の地、バルセロナに赴いたときでさえ、これほどではなかったであろう」

「へい、旦那さま」と従者は言った。「それはもう、比べものにならないくらいの数ですが。しかし驚きなさるのはまだ早いです。都市というのは、こういう繁華街を十も二十も抱えておるんですが」

「なんと。ではここにおる者たちのさらに、十倍二十倍の領民がおるということか。王の苦労がしのばれるところであるな。さぞかし名君の誉れ高い方であろう」

「いえ、旦那さま。この国には王様はいません。この国に限ったことではなく、いまや世界中で、王様が治めている国はさほど多くありませんが。いてもせいぜい、国のシンボルといったところで。名目にすぎず、実権はないんですが」

「馬鹿を申すな。王なくして、国が立ちゆくものか。それではなにか物事を決めるとき、いったいどうすればよいのだ」

「大事なことは**みんな**で決めます。まあじっさいには**みんな**で選んだ誰かに決めさせるわけなんですが。でもこの手続きが複雑で、なかなか**みんな**が思ったとおりにはなりません」

「ではそんな面倒な手続きはやめにすればよいではないか。だいたいその**みんな**というのはなんなのだ。のっぺらぼうで得体が知れない。ちっとも具体的ではないぞ」

「いえむしろ、具体的であってはまずいんですが。これもまた、旦那さまのご存知ではないお話でしょうが、いまを遡ること二百年ほど前、革命というものが相次ぎました。そのとき**みんな**で、威張った王様を倒したわけなんですが。それからというもの、国の主役は**みんな**というのが主流になったわけですが」

「しかしその主役の顔が、はっきりせんでは話にならんぞ」

「たしかにいくどか、はっきりさせようとしたことはありました。ですがそのたび、ひどい喧嘩になったんですが。つまり**みんな**がなにを望んでいるのか、人によって意見が分かれてしまうからなわけで。ついには殺し合いになってしまったんですが。だったらいっそ、はっきりさせない方がいいんじゃなかろうかと。そういうわけで、**みんな**はいまでも**みんな**のままで、依然正体不明なわけで」

「なんとも面妖な話である――」老人は腕組みをし、顎に手をあてがって考え込む。

二人が話しているうち、信号は赤に変わった。もはや主従のまわりに人混みはない。代わりに車が滑り込んでくる。車体は速度を緩めることなく、そのまま素通りしていった。さらに次、そのまた次と何台も通過していく。二人はまったく意に介さず、交差点の真ん中で問答を続ける。

「しかしだ、サンチョ。よしんばお前の言うとおりとして、それでいったいこの国はどうなる。

曖昧な**みんな**の望みどおりに決めて、それで物事が行き詰まったら。そのときは誰が責任を取るのだ？」

「責任？　そんなもの誰もとりやしませんが。強いて言えば、それも**みんな**で分かちあうということなんでしょうが。ですがそれだっておためごかしだ。けっきょく弱い立場の奴らが、割を食う仕組みになっているんですが。そういう矛盾も見て見ぬふりをして、すべてをあやふやにしてしまうんですが」

「そんなことで済むものだろうか。みながそれで納得するのか？」

「納得もなにも、それが**みんな**の意志なわけですが。**みんな**は同じ意見を持っていますし、同じものの見方をしますが。そのうえ磁石のようにお互いを呼んで、お互いを真似て、誰もがそっくりになっていきます。そっくりにならない奴は、味方じゃないので敵になります。だから排除し、そうすれば誰もが最後は全員味方で、まわりを巻き込みさらに仲間を増やせるわけで。**みんな**と一緒でそのなかにいれば、差別もされずみなが平等。安心です」

「ずいぶんと馬鹿げた話に聞こえるがな」

「ええそれはもう、旦那さまの仰るとおりですが。こんなことを続けているうちに、おいらたちはすっかり馬鹿で臆病になってしまったんですが。一人ひとりを見れば、それなりに賢くって勇敢な人間もいますが。だのに大勢が一緒になると、とたんに駄目になっちまう。どっちの方向に進んだらいいか、そんなこともわからない。迷える子羊の群れになっちまいますが」

「なるほど。これが、お前の言っていた羊というわけか」

「そうですが。迷子の羊たちには、導いてやる羊飼いが必要です。つまり旦那さまのような方が。そうでなければ、おいらたちはいつまでたってもバラバラなままです。どこに向かっていいのかもわからない」

「ふうむ」

「四百年、思えば長い年月でした。それだけの時を隔てて、旦那さまがいま蘇った意味、そしておいらたちの旅の意義が、とうとう明らかになるわけです」

「だがわしは、救世主ではない。この者どもを率いたところで、どこに導いていけばいいのか見当もつかんぞ」

「いまはわからずとも、自ずと明らかになっていきましょう。大事なことは**みんな**にきっかけを与えてやることですが。群れにひとつの方向を示す、そのことが大事なんですが。だからさあ、おいらたちに聴かせてください、その角笛の音を。そしておいらたちにもたらしてください。千年続く王国とやらを。聞くところによれば、王国の都はたいそう立派で、石垣と十二の門があって、建物は金でできていて、宝石で飾られてピカピカと光り、水晶のような水が飲めるんだそうです。おいらはもう待ち遠しくって仕方がありませんが」

「けっきょくそれが、お前の望みということになるわけだな。どうも乗せられているような気がせぬでもないが――。まあよかろう。古い約束のこともある。望みは叶えてやらなければならんが。後のことはどうなっても知らぬぞ」

主人は角笛を取り出して構える。ゆっくりと深呼吸をしてから吹いた。甲高い笛の音が、都市の濁った空に響いた。瞬間、沈黙があたりを包んだ。咳払いひとつない静寂。それから静かなどよめきが、徐々に周囲を満たしていった。

すべての信号が青に変わった。歩み寄る人びとの群れは、波のようにすみやかに動いた。車から降りた人びとがこれに加わる。ゴミを漁っていたカラス、さらに鳩の群れも集まってきた。歩道に寝転んでいた猫、散歩中の犬が加わり、下水道からあふれ出た鼠が続いた。群れは静かに揺れ動いていた。

「巨那さま、やめちゃだめですが！　もっと、もっとです」

「わかったから黙っておれ」

主人は再び大きく息を吸い込んでから吹いた。角笛の音は、再び高い空へと舞い上がる。そしてスモッグたなびく地平線に向け、遠いメッセージとなり降り注ぐ。どれほど微弱な波になっても、しかるべき宛先に届く。

ともあれわたしは、出発しなければならなかった。だから急いで事務所を飛び出し、階段を駆け上がった。車に乗り込もうと思い、探したけれど見つからなかった。そこで思い出した。車に大破したのだ。奴らに襲撃されたときに。いや違う。問題はそこじゃなかった。車ではなく、ガレージそのものがなかった。車ならば、盗まれたり壊されたりする。しかしガレージは、いきなり消えてなくなったりはしない。つまりわたしが記憶違いをしているということだ。

仕方なく、わたしは大通りに出てタクシーが通るのを待った。だが急いでいるときに限って、なかなかつかまらない。わたしはひどい焦燥感にとらわれていた。わけもなくただ、すべてが手遅れのような気がしてくる。よほどひどい形相をしていたのかもしれない。空の車も、手を振っているわたしの前を素通りしていった。

苦心の末ようやくつかまえたのは、白い個人タクシーだった。ドアが開き、わたしは乗り込む。運転手は、見たこともないほどの巨漢だ。運転席から、ほとんどはみ出しそうになって座っている。首の太さなんて、女性の腰回りほどありそうだった。わたしが行先を告げると、重々しくうなずく。「三十分ほどで着きます」と低い声で言う。

車はすべるように進んだ。慣れた道のようだ。運転に迷いやためらいが見られない。わたしはいま、しかるべき宛先に向け運ばれている。そう考えると、少しだけ気分が落ち着いた。それがどこであれ、わたしにはまだ向かうべき場所があるのだ。後部座席に背をもたせ掛け、大きく深呼吸をした。それから尋ねた。「ちょっと話してもいいですか?」

「いいですよ」と運転手は言った。

「じつはあなたとは、初めて会ったような気がしないんです。違いますか?」

「違うと思います」

「そうですか。たしかに都会では日々、多くの人がすれ違っています。それを一人ずつ記憶していたのでは身が持ちません。あなたのようなお仕事の場合、なおさらかもしれない。ただわたしとあなたとは以前、どこか別の場所で、いまとは違ったかたちで出会っていた。その可能性はあります。しかしいま、そのことを云々しても始まらないのでしょう。だからただ、通りすがりの人間の話と思って聞いていただければと思います」

「はい」

「ただしわたしの側からすると、あなたは初対面の相手ではない。しかもいくらか重要な局面で出会っているような気もするのです。だから少々立ち入った話になるかもしれない。その点は容赦してください。ともあれまずは、自己紹介をしましょう。わたしは探偵をしているものです。

かれこれもう十五年近くこの稼業で食べている。じつのところ、いまも仕事の真っ最中なんです。ある重要な事件の真相を追っています」

「そうですか」

「わたしが探偵であるということについて、あるいはあなたは奇異な感情を持たれるかもしれない。たしかにあまり一般的な職業ではないから、内実がイメージしづらい部分はあるでしょう。しかしなにが一般的でなにがそうでないか、一概に言うのはむずかしいことです。別な観点からすれば、タクシードライバーの方が、ずっと珍しい仕事かもしれない。そうではありませんか？」

「かもしれません」

「あるいはどちらの仕事もたいして珍しくない、ありふれた種類のものなのかもしれない。というかあらゆる仕事は、内側から見ればどれも平凡で退屈なものかもしれない。われわれは、その凡庸さと日々闘いながら、日常をやり過ごしているわけです。しかしそれでも始まりはあったはずだ。なぜ、わたしは探偵になったのか。あるいはあなたはタクシードライバーになったのか。経緯と事情はさまざまですが、それぞれの選択の結果としての現在があり、未来があるわけです」

「そうですね」

「しかしほんとうのことを言えば、われわれが日々なにかを選択しているという考え方自体、あやしいものだと言えなくもない。つまり人は日々、行き当たりばったりのいい加減な行動ばかりしているのかもしれない。後になってそれを見直し、しかじかの選択を成したと思い込んでいる。それだけのことかもしれない」

「なるほど」

「だとすると、また別の問題が生じます。もし現在の自分が過去に、つまりこれまでの選択の集積によって保証されないのだとしたら――。だとしたらいま、われわれがわれわれとしてあることにはなんの根拠もない。つまりわたしがわたしであることは、まったくの偶然に依拠している。だからわたしがドライバーになって、あなたが探偵になっていても、ぜんぜん不思議ではないわけです」

「ふむ」

「つまりわたしは、自分が探偵であることは相対的で偶発的な事態であると考えているわけです。それは実体というより関数に近い。わたしはわたしをとりまく状況との関係において探偵になる。だからその関係が変化すれば、わたしは探偵ではなくなるでしょう」

「ほう」

「目下、わたしの身分は探偵ですが、このことはなにものをも意味しません。探偵であることは、なんら特権的な地位を約束するものではないからです。わたしは自分が、この世界について他の人びとよりもよく理解しているなどと言うつもりはこれっぽっちもありません。しかしそれでも、わたしは行動をしなければならない。少しでも前に進まなければならない」

「たいへんです」

「おまけにわたしは自らの行動を計る、いかなる基準も持ちあわせていません。また自身の行動から、なんらかの原理を引き出したり、パターンを抽出したりすることも控えています。そのような態度をとるには、この世界はあまりにも曖昧で不確実だからです。刻々と変化する現実の前では、わたしたちの思惑などほぼなんの意味も持ちえません」

「そう思います」

「ときどきわたしは足元にある底なしの淵を覗き込みます。それにあまりにも深く、おそましい空虚です。しかしそこから目を逸らすことはできません。なぜならわたしはそこから生まれ、そこに帰っていくものだからです。そのことを知りつつ、なお次の一歩を踏み出すことでしか、この話のたどり着く先を見届けることはできないでしょう。わたしは先に進むつもりです。なんらかの使命感ゆえにではなく、ただ他に成すべきことを知らない、その無知ゆえにです」

「がんばってください」

「できるだけのことをするつもりです――」


ありがたいことに、ビルはまだわたしの記憶通りの場所に建っていた。タクシーを降り、青いガラス張りの壁面を見上げた。陽を浴びて、まばゆくきらきら輝いている。眩しくて、上まで見渡すことはできない。でもあの頂のどこかで、わたしはわたしの依頼人に会った。

なだらかなスロープを上がり、大きな回転ドアを通って入った。ロビーは競技場のような広さだ。天井は吹き抜けになっている。フロアには豪華なソファーとテーブルが並び、その向こうに大理石のカウンターがあった。降り注ぐ陽が、あたりを隈なく照らし出していた。

奇妙なのは、人の姿が見えないことだった。ソファーで待つビジネスマンも、カウンター越しに微笑む受付嬢もいない。ほんとうに人っ子一人見当たらなかった。そのせいでただでさえ広いロビーが、なおさら広大に感じられた。音の絶えた空間のなかに、わたしの足音だけが響いた。廃墟に迷い込んでしまったような気がした。

わたしは無人の空間を横切り、エレベーターホールに向かって歩いた。途中にも人影は見えない。人びとはなんらかの事情で、このビルから逃げ出してしまったのではないか。そう思いはじめた。それでもエレベーターはきちんと稼働していた。大きな扉が音もなく開き、わたしはなかに入った。

操作盤には、たくさんのボタンがあった。わたしは迷わず、いちばん上のPのボタンを押した。ポンというやわらかな音とともに扉が閉まり、上昇が始まる。箱はするすると音もなく登っていった。おそろしく静かなので、ついには動いているのか停まっているのかさえわからなくなる。表示盤の数字だけが、無機質に数を増していった。

長い時がかかった。いったいどこまで登りつめればいいのか。いい加減痺れを切らせたところで、不意に扉が開いた。そこは屋上に設えられたペントハウスだった。わたしはこの場所を知っていた。高い天井、ガラスの壁、あふれる光。全体に温室を思わせる造りだ。たしかに見憶えがあった。でも前に来たときとは、まるで様子が違っていた。

いま、室内を覆い尽くしているのは植物の群れだ。鉢植えからあふれ出た蔦が、床と壁と天井を伝い、部屋一帯を支配していた。ふんだんな光を浴びて、好き放題に生い茂っている。中央に置かれた円卓も椅子も、いまや蔓にからめとられ茂みに埋もれている。どれほどの時があれば、ここまで様変わりするのだろう。すでに温室というより森林に近い。

雲霞のごとく蚊柱が立っている。おまけに足元は水浸しだった。排水管が壊れているのか。誰かにそのことを伝えなければと思った。でも誰に言えばいいのかわからない。あいかわらず、人の気配は皆無だ。ぬかるみを気に病みながら、わたしは進んだ。さらに奥に続くドアがあった。開けると、その先には草原が広がっていた。

背の高い褐色の草叢が風に揺れていた。目路の限り、はてしない草原が続いている。そんなはずはない。そんなはずがなかった。ここはビルの上だ。そう思いつつ、わたしの足は自動的に進んだ。なにかに導かれるように。しばらく行くと、いちだんと深い藪が見えてきた。近づいていくと、大きな洞穴が見えた。

穴の縁には茨や蔦が複雑に絡みあい、入り口が塞がれていた。それをかき分けようと苦闘していると、穴の奥から烏《からす》や蝙蝠《こうもり》の一群が飛び出してきた。密集して猛烈な勢いだった。そのままやり過ごし、出尽くしたところで作業を続けた。すべて払い除け、改めてなかを覗けば、内部はそうとうに深いようだった。地面の底へと続くみたいだ。意を決し、わたしはそのなかに飛び込んだ。

洞窟は思ったほど暗くはなかった。ところどころで地表に開いている穴や裂け目から、かすかな光が差しこんでいるのだ。それでも、足元はごつごつとした岩場で気が抜けない。ひんやりとした岩壁に手を添えながら慎重に進んだ。道はゆるやかに下っていく。暗闇はだんだんと濃くなっていく。息をつめて、わたしはなおも奥底に進んだ。

周囲はしだいに闇に閉ざされ、灰色の輪郭に沈んでいった。空気の流れは完全に静止した。ずいぶんと深いところまで来たに違いない。これ以上、進んでよいものかどうか。それともいったん引き返すべきか。迷い始めたところだった。前方に淡い光が見えてきた。わたしはその、ぼんやりとした光源を探して進んだ。その先に待っていたのは、水晶でできた城砦《じょうさい》だった。

透明な水晶は、内側から鈍く輝いていた。地下の闇を背景に、城砦だけがぬっと浮かび上がっている。信じがたい光景だった。わたしがその場で立ち尽くしていると、入り口の大きな二枚扉が開き、なかから紫色の寛衣を着た老人が出てきた。頭には黒い帽子をかぶり、白いあごひげを腰のあたりまで垂らしている。

「旅の方かな。どうされましたか?」と老人は言った。

「いいえ」とわたしは言った。「旅というわけではないです。人を探しているうちに、ここまで迷い込んでしまいました。ここはどこでしょう?」

老人はわたしの問いに問いを返した。「どなたをお探しなのかな？」

「それがよくわからなくなってしまいました。たしかに誰かを探していたのですが――」

「それはまた困ったことですな。まあひとまず、お入りになって寛ぎなさい。遠慮することはない。みどもはこの城の主人、永代の城主ですでな」

わたしは老人に導かれ城のなかに入った。じつに豪奢な宮殿だった。気持ちのよい涼しい広間に通されたが、そこはどこもかしこも雪花石膏でできていた。またみごとに彫り込まれた大理石の墓があり、その上には一人の騎士がながながと横たわっていた。それは、よく墓で見られるような銅像などではなく、正真正銘、生身の肉と骨でできていた。

「これなるはみどもの友、勇ましい騎士の花であり鏡だった男でしてな。死してなお、こうして息をし、ときにはうめき声を発し、またため息までつくのです。死後、みどもが短刀でその心臓を取り出してやったのですが、これなど重さ二斤ほどはあったであろうか。まさに比類なき武勇の印と申せましょうな」

そのとき、大きな叫び声が聞こえた。同時に沈痛なうめき声と啜り泣きも聞こえた。わたしがそちらに顔を向けると、水晶の壁越しに別の広間を進んでいく美しい娘たちが見えた。全員が喪服を身に着け、頭にはターバンを巻いている。

さらにその後ろには、厳かな雰囲気の貴婦人がいた。彼女もまた黒衣をまとっていた。頭巾の裾は床をなめるほど長い。眉間にしわを寄せ、赤い唇を開き、白い歯を覗かせて哀歌を歌っていた。そして泣いていた。両手には薄い麻布を持っている。なかには乾いてミイラ化した大きな心臓が包まれていた。

悲しみの葬列を眺めているうちに、わたしが探していたのも騎士でした。わたしは不意に思い出した。

「そうだ。わたしが探していたのはドン・キホーテという名の騎士です。もしやこの方が、ドン・キホーテその人ではないですか？」

すると死んだ騎士が目を覚まして言った。「おお、わたしはドン・キホーテではない。だがあの男のことなら知っておる。以前この城にやってきたことがあった。しかしいつの間にかいなくなったな。あれはどこに行ったのか？」

わたしが驚いていると、老人が付け加えた。

「どうやらあなたは、一歩遅かったようですな。わが友の申すとおり、ドン・キホーテ殿は当城を訪れた。しかしすでに去った後です。だいぶん前のことですが、ここでは時間は特殊な流れ方をする。お行きなさい、旅の人。いまから追いかければまだ間に合うかもしれない」

「だが気を付けることだ」と死んだ騎士が言った。「あの男はな、本物以上に本物の騎士。にもかかわらず偽物なんだ。いつまでもあんなものにかかずらわってると、ついにはなにが本物でなにが偽物か、わからなくなっちまうぞ」

わたしは老人の案内に従って城の裏手に出た。そこには梯子が設えてあった。鉄製のそっけない造りで、上方にまっすぐ伸びていた。先の方は薄暗くて見通せない。手すりの感触をたしかめ、それからゆっくり登りはじめた。

　周囲の空間はどんどん狭まり、城の明かりはやがてわからなくなった。わたしは暗闇のなかをひたすらに登った。どこまで登ればいいのか、まるで見当がつかない。わたしはずっと、こんな暗闇のなかにいたのではないか。不意にそう思った。

　いつだったか、密室からの出口を探して、こんな闇のなかを歩いたことがあった。山奥の施設。クローゼットの奥で入口を見つけ、地下通路に潜ったときだ。防空壕を兼ねた地下道は、複雑に枝分かれして、まるで巣穴のようだった。わたしはあの場所から脱け出したつもりでいた。でもそうじゃない。繰り延べられた密室のなかをさ迷っていただけなんじゃないのか。

　冷ややかな諦念がわたしをとらえた。一瞬、全身の力が抜けて、梯子から手を放してしまいそうになった。すんでのところで持ち直す。ここから落ちたら、どれだけ落下することになるのか見当もつかない。わたしは気を取り直し、さらに登り、なおも登った。

　気がつくと梯子は終わっていた。そして頭上に、なにか蓋のようなものがあるのがわかった。わたしは暗闇のなか、苦心して手さぐりした。どうにか窪みのような箇所をさぐりあて、力を込めると、軋んだ音とともに蓋が動いた。隙間から光が漏れてくる。

　ずっしりとした重みがあったが、肩をあてがい、なんとかずらすことができた。それはマンホールの蓋だった。身をよじり、どうにか這い出す。地上の光が目を焼いた。涙が零れた。ようやく出た先、そこは地上だ。たしかにある、われらの大地。足元の地面。とりあえず、そう思うことにした。

地上では、すでにパレードが始まっていた。ちょうどわたしの目の前を、死の一座が通過するところだった。驢馬に引かれた荷馬車の上に、さまざまな異形の者たちが載せられている。幌も網代もない、むき出しの荷台には死の女神が立っている。その足元には、弓と矢と箙《えびら》をたずさえたキューピットが傅《かしず》いていた。女神の隣には大きな翼を背負った天使が、反対側には黄金の冠をかぶった皇帝がいた。後部には、派手な羽根飾りをつけた兵士がひかえる。御者を務めているのは醜い悪魔だ。

異様な光景に戸惑っていると、後ろから道化がやってきた。たくさんの鈴をつけた衣装を身に纏っている。手にした棒を振り回し、地面を叩きながらぴょんぴょんと飛び跳ねて歩く。そのたびに鈴の音がやかましく鳴った。

「お祭りですか？」とわたしは訊いた。

「もちろんだよ」と道化は答えた。

「なにかお祝いごとでも？」

「知らないのかい？　ドン・キホーテが還ってきたのさ」

「ああ、わたしはその人を探しているんだ」

「もちろんそうだろ。誰もが彼を探していたんだ」

「それがついに見つかったのか?」

「そう。じつに四百年ぶりのことでね。これほどめでたいことがあろうかね!」

「どこに行けば会えるんだろう?」

「わからん。でもこっちの方にいるって話だよ」

道化はそう言うと、いちだんと大きく飛んだ。高さはゆうにわたしの背丈を超えていた。ほとんど人間業と思えない。よく見ると、口の端から泡を吹いている。目の焦点も定まっていない。気もそぞろで、わたしのことなど忘れたように先を急ぐ。

わたしはパレードの後についていて歩いた。賑やかな行列は、徐々にその数を増していった。

街は祝祭の空気に包まれている。人の群れは洪水のようだ。建物のあいだからあふれ、波を成し渦を巻きつつ広がっていく。みな思い思いの仮装をしていた。原色の模様を身体や顔に塗りたくった集団もいた。なにも身に着けていない全裸の一団もいた。みな口々に意味のわからない叫びを上げている。

突然、雨が地面を叩く音がした。でも空は晴れている。太陽が眩しい。再び雨音。いや違う。それはドラムの音だった。連続する破裂音、なおも続く重たい振動。いつの間にか、きらびやかな鼓笛隊がパレードに伴走している。大勢がてんでばらばらに楽器を持ち、手前勝手に打ち鳴らしている。速射砲のようなドラムの合間にホイッスル、ラッパの音が高らかに鳴り響く。

膨れ上がった一向はやがて広場にたどり着いた。

広場では祝いの料理がふるまわれている。小山のように積み重ねられた薪のうえで仔牛が焼かれ、その周りでは巨大な鍋が煮え立っていた。鍋のなかには雀や鶏、兎が放り込まれ、かたわらに置かれた樽からワインがあふれ出た。オーブンではパンが焼きあがったところだ。積み上げられた煉瓦のようなチーズが壁を成し、油鍋からは揚げ菓子が取り出された。誰でも好きなだけ飲み食いすることができた。

それから突然、花火が打ち上げられた。真昼の空にはふさわしくない。むしろパリパリと乾いた音ばかりが続く。その後に、ドンと下腹部に響く轟音。祝砲だった。立て続けに四発、五発。それが合図だったように、周囲のビルの窓ガラスが割れた。なんらかの爆発があったに違いなかった。頭上からガラスの破片が降り注ぐ。でも人びとは意に介すそぶりも見せない。

熱と叫びは広場を満たし、飽和状態に達しようとしていた。誰かが甲高い声で笑っている。異臭が漂ってきた。興奮で垂れ流された糞尿が地を這っている。それだけではない。血の臭いがした。獣じみた臭いだ。広場の向こうから、全身を真っ赤に染めた一団がやって来る。返り血なのか、自らの血なのか。いずれにしても、脂のようにドロドロした血に塗れている。

わたしは冷たい汗をかきはじめる。噴き出した汗ひと粒ずつが、群衆の一人ひとりのように思えてならない。寒気がして鳥肌が立った。全身が蟻の群れに蝕まれる感触。これが現実であるとは思えない。でもすべての感覚がその思いを拒絶している。わたしは狂っているのかもしれない。でもわたしだけじゃない。狂っているとすれば、この場所にいる全員がそうだ。

頭を掻き毟る。不意に明日の新聞の見出しが浮かんだ。暴動、爆破、集団催眠、幻覚剤散布。そうだ。誰かが背後で糸を引いているに違いない。極秘の実験、某国の陰謀。工作員が紛れ込んでいる。探せ。探し出して殺せ。やらなきゃやられる。奴らを皆殺しにしろ。血走った目をした誰かが叫んだ。それに呼応して殺し合いが始まった。

武器は用意されていない。だからみな、手近なものを用いて闘う。石塊、木杭、鍋、太鼓など。くぐもった鈍い音が方々で聞こえる。血が流れていた。殺しの手練れが暴れ回っている。祭りの恩赦で解放された囚人たちだ。彼らは殺戮の喜びに酔いしれる。それだけではない。檻から出された獅子が一頭、迷い込んできた。よほど腹を空かせているようだ。通りがかる者を手当たり次第に餌食にしている。

そして牛。背後にどよめきを感じ、振り向くとそこには牛の群れがいた。牛たちは涎を垂らし、猛烈な勢いでこちらに迫る。牛追いたちが、それを背後からたきつける。わたしはその波に飲まれる。揉みくちゃにされ、引きずられ、踏みつけられる。全身がバラバラだった。地面に蹲っていると、牛追いの一人が言った。

「牛追い祭りは、スペインを代表する祭りのひとつだ。でも毎年負傷者が出るし、これまでにも十四人が死んでいるんだって」

「そんなことはどうでもいいんだ」わたしは息も絶え絶えで訊いた。「ドン・キホーテはどこにいるんだ？」

「ああそれなら」と牛追いは答える。「あっちの方で見かけたって噂だぜ」広場の向こう側を指差した。

周囲はすでに修羅の庭と化している。血の臭いはいっそう濃くなる。またどこかビルの上方で爆発があった。ガラスの雨が降り注ぐ。人びとは諸手を挙げてそれを受けとめる。うめき声と笑い声が交互に入り混じった。そこにけたたましいサイレンが割り込む。怪我をして倒れ伏した連中を、駆けつけた救急車が轢き殺していく。本末転倒。でもそこに一筋の道ができあがる。その空隙を縫って、わたしはようやく広場を逃れた。

並木道に出た。風が頬に当る。わたしは人の流れに逆らって進む。人びとはなおも広場に殺到していた。あれだけの惨事が起きているというのに。動き出した群衆はもう、誰にも止めることができない。わたしは押し寄せる人の波をかき分けて進む。その向こう側に、たしかに騎士の姿を見つけた。津波のような人の群れの先、鎧の騎士は一人悠然と立ち尽くしていた。

あともう少しで着く。というところで騎士が動いた。群衆を離れ脇道に入ると、古い建物の並ぶ一帯に向かう。わたしはその後をつけた。脇道は狭い裏通りに繋がっていた。あたりはひっそりとしている。表通りの喧騒がうそのようだった。鎧の騎士の重い足取りが響いた。さして早足だったわけではない。それなのに、距離はなかなか詰まらない。角を曲がる度に見失いそうになりながら、どうにかその後ろ姿を追った。

ようやく追いついたのは、古ぼけたビルの一角だった。たぶんいまは誰も使っていない駐車場で、ほこりっぽい臭いがしていた。「待ってくれ」とわたしは叫んだ。声はひからびた空洞にこだまする。暗闇を背に、騎士がついにこちらを向いた。兜の向こうから、一対の目がわたしを見ていた。ひとしきりの沈黙があった。

それから騎士は、ゆっくりとわたしの方に近づいてきた。わたしは逆に、一歩も動けなかった。どうしていいのかわからない。あれほど追い続けた相手が目の前にいるというのに。わたしはひどく混乱していた。強い花の香りが漂う。騎士は兜を脱いだ。

「やはりあなたは」と彼女は言った。「わたしが思ったとおりの人でした」

「わたしには最初からわかっていました」と依頼人は言った。「あなたがこの仕事にぴったりの探偵だっていうことが」

「こちらはいまだに、なにもわかっていない」わたしは憮然として言った。「この事件は最初からわたし抜きで進んでいるようだ」

「そんなことはないわ。あなたがいなければ、話はここまで進まなかったでしょう。あなたが欠けているように見えるとすれば、それはあなたが事件を見つめるまなざしだから。カメラが映す映像に、カメラそのものは映らない。それと同じこと」

「いや、わたしはなにも見てない。馬鹿みたいに駆けずり回っていただけだ」

「結果的には、それがよかったんです。中途半端に考える人は、自分の足で歩こうとしない。それじゃあ、いつまでたっても事件には追いつけない。知っているでしょう？ 探偵はつねに犯罪の後にしか現われないって。だからいつでも、事件に出し抜かれる運命にある。でもあなたは動物の探偵だから。だからもしかしたらと思っていた。事件を追い抜くことができるんじゃないかと。そしてわたしの予想通りになった。あなただから、この仕事は成し遂げることができたの」

「わからないね。いったいわたしが、なにを成し遂げたっていうんだ？」

「あなたは事件の経緯を見届けてくれた。そしてついにはわたしを見つけた」

「違う。わたしが探していたのは首領《ドン》。あなたの叔父上だ」

「そうよ。わたしがそう依頼したのだもの。それに間違いはないわ」

「でも彼は死んでいた。あらかじめ死んでいたんだ。あなたは知っていたんでしょう？ いや、殺したのはあなたかもしれない。違いますか？」

「ええたしかに。たしかにそう。殺したのはわたし。だけどかならずしもそうじゃない。あなたも言うように、叔父は最初から死んでいたの。ずっと前から」

「認めるのですね、自分がしたことを」

「もちろんそうよ。それは簡単なことだった。叔父は完全な痴呆だったから、息の根を止めるのは容易だった。むしろどんな方法がふさわしいか、決めるのが難しかったくらい。でも結局、自分で手を下すことはできなかった。地下壕まで連れて行って置き去りにした。もしかしたら、自力で脱け出せるかもしれない。そして再び元気な姿を見せるかもしれない。その可能性は余地として残した。でもそうはならなかった。彼は死んだ」

「そしてあなたは彼の事業を受け継いだ。でもそれをどう扱っていいかわからなくなった」

「そう。最初に言ったでしょう。叔父は不在の人間だったって。あれは言葉どおりの意味。叔父の遺していった事業に、叔父の意志はどこにもなかった。あるのはただ際限なく拡張していく欲望、それだけ。そんなものを受け渡されて、わたしたちはどこに行けばいいの？」

「あなたは結局、叔父上なしでは生きられなかったんだ」

「わたしは叔父に虐待されて育ったの。他に身寄りのないわたしを、叔父はいいように弄んで育てた。わたしは何度も逃げ出そうと思った。でもできなかった。なぜなら彼を愛していたから。誰かから逃げ出したいのに、その相手を愛してしまっている。そんな状態がわかるかしら。わたしは自分が、どうしてこんな目に会うのか知りたかった。彼の心を知りたかった。でも最後までわからなかった。彼は病気になり、わたしが誰かすらわからなくなった」

「だから殺したんですか。復讐のために？」

「いいえ。あれは復讐ですらなかった。叔父は自分がなにをされているかもわからなかったんだから。でもそのときに気がついたのよ。彼は、最初から死んでいたんだって。あの人は、きっといつでもからっぽだった。だからこそ飢えていたのだし貪欲だった。からっぽの中味をなにかで満たしたいと、いつもそのことを思っていた。もっともっと、いっぱいに満たされていたいと。強いて言えば、それがあの人の意志。中味などない、ただの容れもの。人の意志などかけらもなかった」

「しかしあなたが魅せられたのもそれだ」

「そうね。でもそのことを教えてくれたのはあなた。わたしは叔父の意志の行方をたしかめたくて、あなたを雇った。そのあなたが最後に見出しのがわたし。つまりわたしだったということ。それがこの事件の解答。あなたはとうとう真相にたどり着いたの。おめでとう。ありがとう」

「そんな馬鹿げた真相は認められない」

「認めようと認めまいとかまわない。だってあなたの役割はもう終わっている。真相までたどり着いたら退場する。それが探偵というものでしょう？　だからさようなら。わたしはもう行かなくちゃいけない。不在を継いで、それが行き着く先を見届けなければ」

彼女はそう言うと踵を返した。再び兜を被り騎士となって進む。わたしはその後を追いかけようと、進みかけて歩みを止める。駐車場の闇の向こうに大勢の騎士が居並ぶのが見えた。みな彼女と同じいでたちをしていた。同じようにきっぱりとした足取りで進む。彼女はすぐにその群れに飲まれ、どこにいるのかわからなくなった。それでもわたしは騎士たちの後に追いすがる。自分がどこに行こうとしているのか、まるでわからないままに。

騎士 Ⅷ

中央広場で暴動が発生——それは、なんの前触れもなく飛び込んできた一報だった。半信半疑で駆けつけた報道陣は、かつて見たことのない規模の群衆を見た。すでに手をつけられぬほど肥大化していた。この街のどこに、これほどの数の人間がいたのか。にわかに信じがたい光景。生まれて初めて海を見たときのような、激しい畏怖を覚えた。

機動隊が群衆のまわりを取り囲んでいる。だが型どおりの警告は意味を成さない。威嚇のため空砲が鳴った。誰一人聞く耳を持たない。次いで催涙弾が投じられた。群衆の拡散はなおも止まらない。人びとは大粒の涙と鼻水を流しながら、叫び声を上げている。人垣は、じわじわと緩慢な津波のように広がっていく。地鳴りのような音が響いた。

一人の機動隊員が甲高い声で叫んだ。そうしなければ発狂していた。地面から這いあがった振動が全身を浸し、はけ口を求めていた。胸がつぶれるような叫びは、すぐに隣の隊列に伝染った。誰もが内に抱えきれない衝動を吐き出した。そうやって、いつしか全員が叫んでいた。まもなく彼らも群衆に飲み込まれた。

「おお、サンチョ」群衆のどこかで老人が言った。「こんなにもたくさんの民が、こんなにも大きな叫びを上げておる。しかしいったいなにを言っておるのか？」

「これは叫びです」と従者は言った。「だから意味なんてありはしませんが」

「しかしこれこそ**みんな**の声なのではないのか。わしはその意味が知りたい」

「でも旦那さま、なにせこれだけの数です。一人ずつ声を聴きとるなんて、とうていできっこありませんが」

「古代の聖人は、十人の声を同時に聴き分けたというが。たしかにこの数では難しいかもしれん」

「そうですが。話し合いは、時と場所を選びます。いまにそんな余裕はないですが」

「だがわしは、この声に応えねばならん。羊飼いとして、彼らを率いるのだから」

「だったらこのさい、呼びかけなんて無駄ですが。応えるならば、旦那さまもひとつの叫びになるんで。つまり**みんな**の一部になるんです。旦那さまが**みんな**になれば、**みんな**だって旦那さまになる。そうしたら、**みんな**の意志がひとつになりますが」

「しかしいったいどうすればよい？　わしにはかいもく見当がつかん」

「旦那さま。おいらが以前、申し上げたことを憶えておいでで？　いまの世では、正義と悪の区別が難しいって話ですが」

「うむ、記憶しておる。正義のための悪があったり、悪が正義に変わったりしてややこしいのであろう」

「おっしゃるとおりで。だから昨今の民は、味方と敵の区別に頼ります。要するに、味方が正義で敵が悪です」

「しかしその味方と敵の境目もまた、ややこしいものだったのではないか？　味方と思えば敵であったり、敵と思えば味方だったり」

「はい。だからこそ、旦那さまのような方に区別をつけてもらいたいんですが。世に正義を知らしめるために」

「このわしに、味方と敵の区別をつけよと？」

「そう。いまがその役割を果たすときです。味方については、いまさら申すまでもないでしょう。この場所にいる**みんな**がそうです。だから旦那さまには、**みんな**の敵を示してほしいんですが」

「敵か。しかしあいにく、わしは戻ってきて間もない。昨今の世にどのような敵がおるのかを知らぬ」

「現世に合せる必要などないですが。答えはもう旦那さまの胸の内にあるはず。よくよく思い出してくださいまし。これまでの冒険の数々を」

主人は目を閉じ、数多の旅を思い起こした。故郷の村には姪と家政婦、床屋に司祭に得業士がいた。そして行く先々で出会った者たち——農夫、囚人、捕虜、ヤギ番、道化師、獅子、侯爵夫妻、山賊たち、緑の騎士、鏡の騎士、彼を負かした銀月の騎士。そしてとうとう見えることのなかった姫君。幾千の友、幾万の敵が、彼の脳裏を駆けめぐっていく。そのなかでもっとも巨大でおそろしい敵――その姿を、彼は思い出した。

彼は目を開けた。おもむろに角笛を取り出して構える。大きく息を吸い込んでから吹く。いままで以上に澄みきって長く、くっきりとした音色に、群衆はひとたび静まりかえった。砂地に水が滲み込むように、音はすみやかに広がっていく。

はじめに小さな囁きが生まれた。口々に伝えられたそれは、やがて大きなどよめきになった。どよめきがどよめきを呼び、それはついには集団を動かす。熱狂は渦と化し、静かに地を這う。周囲の者を巻き込みながら進む。先ほどまでの混沌とは違う、はっきりした意志のかたちが生まれつつあった。

彼らは北の方角を目指した。むろんさまざまな障害があった。警察や軍が道を封鎖し行く手を塞いだ。だが彼らはそれをなぎ倒して進んだ。多くのものが銃弾に倒れた。にもかかわらず、集団は肥大化していった。道すがら、周辺の住民たちを吸収していったからだ。ひとたび固められた意志は、もはや誰にも挫くことができない。

「旦那さま」群衆のどこかで従者が言った。「すごい人数です。もうとても数え切れませんが。それに**みんな**うれしそうです」

「であるな。お前の言うように、みなが区別を欲していたということであろう。わしは羊飼いにして真実の騎士。これより**みんな**の敵を打ち倒しに参ろう。そうして世に正義を知らしめてくれよう」

「けっきょく誰が**みんな**の敵か、旦那さまにはわかったので？」

「いや、わからん。わしはただかつての冒険で、もっとも巨大で手ごわかった敵を思い描いた。それがなにを意味するのかは**みんな**の方が知っておろう」

「もっとも巨大で手ごわかった敵？」

「風車である。それは風車だ。おお思い出すぞ。田野のはるかかなたに立つその姿を見たとき、わしは戦慄を禁じえなかった。あたかも不埒な巨人どもがたむろするように見えたものだ。それに立ち向かうのはただ一騎の騎士、すなわちこのわし。わしだった。わしは愛馬に拍車をくれて、猛然と突進をした。たちまちにして風車の翼に、槍の一撃をくれてやった。しかしそのとき、一陣の風が吹き、翼を回し始めたのだ。もろくも槍はこなごなに砕け、わしは馬もろとも中空に放り出された。そしてみじめにも野原をごろごろ転がっていったのだ」

「ちょ、ちょっと待ってくださいよ、旦那さま。その場面には、おいらも居合わせておりましたが。しかし旦那さまは、風車を巨人と思い込んでいたのではなかったですか？　だからおいらはあれほど必死にお止めしたのに。なのに聞く耳を持たず、突進していってしまわれたんで」

「おおサンチョ、四百年を経て、お前も少しは賢くなったものと思っておったが。どうやら買い被りだったようだな。あいかわらず、お前は比喩というものを知らぬ。巨人というのは、巨人であって巨人ではないのだ。同様に、風車というのも風車であって風車ではない。つまり世の中なにごとも、見た目どおりとは限らんということだ。現実の背後にひそむ意味をよくよく読み解かなければいかん」

「そんな。そんな話ってありますかい。おいらはてっきり、旦那さまは気が触れていなさるんだと。巨人と風車の違いもわからなくなっているんだと思っていたんですが。じゃあもしかしてあれですか。城と宿屋も、姫と村娘も、ぜんぶほんとうは区別できていて、それなのに、わからないふりをしていたってことですかい？」

「わからぬ奴だな。それもこれもみな含め、正気と狂気の境にあるのだ。なべて世の中とはそうしたものだ。わしはその境目を、あえて歩き続けてきたのである。わしを狂人とあざ笑うものは、自分の生きる現実ばかりが、ほんとうのことと信じ切っておる。だが現実というものはそんなに単純なものではない。正気と狂気がせめぎ合う場所、それがこの世だ」

「なんてことですが。おいらはすっかり騙されていましたが」

「肝心なことはなサンチョ、よくよく目を凝らして見ることだ。ほれ、向こうの野原に見えてきたものがあるぞ。わかるか。あれが風車だ。つまりは敵だ。巨大で手ごわいわれわれの敵。三十か四十はあるか。いやもっと、五十と少しはあるかもしれん。あれこそ地上に悪をまき散らす巨人だ。なにも風車に限った話ではない。耳を澄ませ。**みんな**の声が聞こえてくるぞ。もろもろの技術、機械、武器、弾薬、蒸気、タービン、送電線、情報端末、交通網、官僚制、地方政治、マスメディア——そうしたすべてが**みんな**を騙してひざまずかせた。それがなければ生きてはいけない。そのように思い込ませて、恐怖を植えつけ憐みを乞わせた。そうして最後にわれわれは、疲労と恥辱と憔悴のなか、死の工場へと身を投げ出すのだ。だがいまならばまだ間に合うはずだ。そうならぬうちに立ち向かわねば。わしらは雄々しく敢然と、あの風車に立ち向かうのだ。恐怖を投げ捨て闘う者だけが、真の自由を得ることができる。見よ、すべて偉大なものは向かい風のなかにこそ立つ。われわれの心の鼓動は、世界が奏でる鼓動と同じだ。そのことを知れば、少しも怖くなどない。たしかに風車は強大だった。このわしも一度は敗れた。わしの槍はこなごなに砕けた。だがしかし、それだけのことだ。わしの心は砕けなかった。さあ、新しい槍を作ろう。みんな木材ならばいくらでもある。みな各々の槍を手にして、巨大なものに立ち向かってゆけ。**みんな**の心をひとつにしよう。そうすればわしらは絶対に負けん――」

群衆は風車に向かった。

探偵　Ⅸ

さっきから、ぷうんぷうんと蚊の鳴くような音がするのでうっとうしかった。それは耳元すぐそばで聞こえた。わたしはそのたびに首を振り、また手で払うのだが、いったんはそれで収まった音も、しばらくするとよみがえってきて、しつこくわたしにつきまとう。しかしどれほど目を凝らしても、虫らしい影は見えぬし、指先になにかが触れる感触もなかった。だからわたしの気のせいなのかも。つまりわたしの幻聴なのかも。わたしの頭がおかしくなって、すべてはそのせいかもしれない。

いやそもそも、わたしの頭はおかしいのだろうか。そうかもしれない。そうじゃないかも。どちらもただしいような気がして、どちらも間違っているような気がする。答えはたぶんひとつではないが、そのことを認めてしまうと、目の前の現実が消えてなくなる。そんな気がしてわたしは怖い。ただ怖いので足を速める。足裏に感じているのはたしかに地面で、しかもきちんと舗装された道路だ。だからここがどこか、道の真ん中であることはたしかで、でも道がどこから来てどこに行くのか、わたしにはまるで見当がつかない。

ついさっきまで、わたしは森のなかを歩いていた。そのはずだった。

木々の間を縫って進むと、頭になにか触れるものがあった。ふと見上げると、靴を履いた二本の足がある。驚いて飛び退いたところ、別の樹木にも二本の足がぶらさがっていた。よく見ればあたりは一面、似たようなありさま。何十人の死体が、首を吊られてゆらゆら揺れていた。半ば白骨化したものもあったが、多くはまだ死んでから間もない状態だった。獣に食い散らされた臓器の欠片が、周辺に飛散している。頭蓋骨の上で黒く張りつめた皮膚が裂け、ところどころに亀裂の走った顔は、みな一様に笑っていた。誰かが鋭い悲鳴を上げていた。いや、どうやらそれはわたし自身の声だ。

あれは現実に見た光景なのか。それとも夢の一場面なのか。よくわからない。

いや、もっと信じ難い光景も見た。わたしは諸々の民＝群衆にまたがる、女の姿を見た。女は紫と緋の衣を着て、金と宝石と真珠で飾り、穢れに満ちた杯を手にしていた。すると御使いが現われて言った。あらゆる民が葡萄酒を飲み、彼女と淫らな行為に耽り、商人たちは驕り高ぶり富を蓄えた。心正しき民よ、女から離れよ。罪は積り天にまで届き、ついには神の裁きが下る。女には苦痛と悲嘆と死が与えられ、その身体は火によって焼き尽くされる。大いなる都はかく打ち倒され二度と再び見出されることはない。

すると言葉どおりのことが起こった。群衆は突如としていきり立ち、女を地面に投げ捨てた。罵りの言葉を浴びせ、憎悪を向ける。群衆はすぐに獣の群れと化した。女の着物を剥ぎ取って犯した。代わる代わる嬲《なぶ》り、四肢をねじ切り、もぎ取って食らった。骨までしゃぶり尽くした後で、業火で焙《あぶ》り消し炭とした。女を焼き尽くした火は、しかし消えることなく燃え広がって群衆も焼いた。昼が夜になり、夜が昼になった。煙は世々限りなく立ち上り、いつまでもたなびいた。

そして天から雷鳴のような声が響いた。倒れた。バビロンが倒れた。あらゆる穢《けが》れた霊の巣窟が。わたしは怖くなって火のなかを逃げた。泣き叫びながら。どうしてこんなことになるのか。神はニネヴェの民を救ったではないか。彼らが命を亡くすことを惜しんで。わたしがトウゴマの樹を惜しんだように。するとと御使いが現われて言った。神は彼らの心を使嗾《しそう》し、御旨に沿わせ、国を獣に与えようとなされた。御言葉の成就するその日まで。あなたが見た女は、地上の王たちが支配しているあの大いなる都そのものである――。

どこまでがほんとうに起こったことで、どこからがそうでないのか。すでに境は見失われていた。わたしはまだ道の上にいる。あいかわらず歩いている。ひとりでに。一人で。足を止める理由がないから。それだけのために、ただ歩を進める。右足を前に突きだす。踵で地面を踏みしめる。左足を前に突きだす。踵で地面を踏みしめる。以下同様に繰り返す。わたしはそれを繰り返している。いったいいつからこうしているのか。そしていつまで続ければいいのか。わからないまま繰り返す。この果てしない反復だけが、わたしがわたしである証拠だった。

しかしいったいわたしとは誰か。ついさっきまで、大勢の人間がいたように思う。でも彼らには顔がなかった。すべての人びとが集い、群れを成すともう誰が誰なのかわからなくなるのだ。わたし自身が誰であるのかも。いつしかわたしは誰でもなかった。誰でもないわたしが歩いているのは、たぶんどこでもない場所なのだろう。そう考えると笑みがこぼれた。とくに可笑しいわけでもないのに、どういうわけか口元がゆるむ。きっとあまりに馬鹿げているからだ。

わたしはとくに楽しくはなかった。どちらかというと寂しい気持ちでいた。パーティーが終わった後で、一人家路をたどるときのように。とくに悲しいわけではないが、ただいくらかの虚しさを抱え、少しばかり沈んだ気持ちで歩いていた。陽気に歌でも歌いたかったが、メロディーが浮かばなかった。頭のなかから、音楽の記憶が抜け落ちていた。だから代わりに空を見上げた。空は夕焼けのようだった。でも朝焼けのようでもあった。いずれにしても見たことのない、紫がかった色をしていた。

歩き続けていると、前方にガソリンスタンドが見えてきた。古びた看板は錆びつき傾き、いまにも崩れ落ちそうだった。荒れはてたアスファルトの隙間から雑草が伸び、まばらな茂みを形成していた。乱暴に暴かれたドラム缶がいくつも、無造作に打ち捨てられている。

駐車スペースを横切り、ガラスの割れたサービスルームに入った。灰色に退色した壁、埃が層になっている床、雨漏りで染みだらけの天井。人の手を離れて久しいのだろう。引き出しを開け、ロッカーを開けて、しばらくなかを物色したが、めぼしいものは見当たらなかった。

しばらくごそごそやっていると、背後から重い足音が聞こえてきた。ふりかえるとそこには牛がいた。もうずいぶんと年寄りのようだが、小型トラックほどの大きさがある。それがいま、のっそりとした足取りで、破れた窓からなかに入ってくる。こうべを垂れ、落ち窪んだ眼窩の奥から、乾いた瞳でこちらを見ている。

わたしは警戒し身構えた。すると牛は腸から絞り出したようなうめき声を上げた。世界中の疲労と苦痛を集め、煮詰めたような音だった。牛は痩せていた。肋骨が浮き出し、いまにも皮膚を突き破りそうだ。大量の涎を垂らし、黒ずんだ鼻をぶるぶると震わせる。わたしは身動きすることができない。

われわれは同じ姿勢のまま睨み合っていた。半時間ほどそうしていただろう。気がつくと、牛はもう死んでいた。光を失った瞳が、どんよりと濁りはじめた。あるいは牛は、最初から死んでいたのかもしれない。ただ生きてあり続けるという習性のために、こうしてここまでやってきたのかもしれない。わたしが軽く背を押しただけで、自らの重みに耐えかねて崩れ落ちた。荘厳で静かな最期だった。死骸をどうすべきか思案したが、すぐにどうにもできないことに気づいた。そのまま放置し、ガソリンスタンドを出た。

そこからしばらく行くと川が見えてきた。水量の多い、広い川だった。ゆったりとした岸辺には、赤い花群があった。あまりにも鮮やかに咲き誇るので、遠くから見ると燃えているように見えた。川べりには、いろんな動物の屍骸があった。犬や猫、狸や鼬のような小型獣。牛や豚、鶏といった家畜。もっと大きなやつもあったが、ほとんど白骨化していて種類はわからない。どれもたぶん、水を飲みにきたところで力尽きたのだ。周囲に息をするものの気配はなかった。それら遺骸を養分にして、草花だけが肥え太っていた。

わたしは古い鉄橋を歩き、対岸に渡った。渡りきったところには交番があった。石造りの頑丈な小屋だが、なかはすでに荒らされた後だった。散乱したガラクタのうえには埃が層をなしている。《巡回中》と書かれたプレートが、机のうえにぽつんと置かれていた。どこまで行ったかは不明だったが、戻ってくる見込みはなさそうだった。そもそもこんな荒れ果てた世界で、なにを警戒すればよいのか。想像もつかない。ひび割れた壁には、大判の地図が貼ってある。市街地が近かった。

床に転がっていた電話は、奇跡的にまだ生きていた。受話器を上げると、ツーツーというなじみ深い音が聞こえた。わたしはそらで憶えている番号にかけた。でもいくら待っても、回線は繋がらなかった。だが諦めるのは早い。雨に濡れ、ぶわぶわに膨らんだ電話帳をめくって、片っ端からダイアルした。水道局、レストラン、税務署、新聞社、葬儀会社、映画館、不動産屋、銀行、クラブ、美容院、パン屋――。

とある探偵事務所に掛けたとき、初めて誰かの応えがあった。相手は探偵と名乗った。しかも普通の探偵ではない。ペット探しが専門だという。おかしな話だ。そんな商売が成り立つのだろうか。わからない。だがいずれにせよ、世界がこんなふうになってしまっては、できることはもうなにもなかった。

自分の人生は無意味だったと彼は語った。多くの人を傷つけ、誰も救うことができなかった。愛されたいと願っていたのに、愛することができなかった。勇気が欠けていたからだ。自分自身をさらけ出す勇気が。わたしは血も涙もない人間だ。最低の人間だったと彼は語った。同じことを何度も何度も繰り返し言った。わたしは黙って話を聞いた。

気がつくと、回線は途絶えていた。発信音も消えていた。電話そのものがもう死んでいたのだ。わたしはなおもダイアルを続けた。でも日が暮れて、なにも見えなくなったのでやめた。日没は急速に訪れた。ほとんどなんの前触れもなく、あたりは闇に閉ざされてしまった。人工の明かりはどこにも見えない。焚き火のようなものもなかった。新月なのか、月明かりもまるで射さない。これほど完璧な闇に出会ったことはなかった。

深く、隙のない暗闇の底にいた。なにひとつ、かたちあるものを識別できない。わたしは部屋の片隅に身を寄せ、自分自身をぎゅっと抱きしめた。そうしていないと身体の輪郭が消えてしまいそうだった。それでも時間とともにしだいに手足が麻痺をしてきて、本来の感覚を失くしていった。肉体が闇に溶けていく。しばらくは暗闇に目を慣らそうとしたが無駄だった。そんな生半可な闇ではなかった。目蓋を閉じても開いても、まったく同じ黒色が続くのだ。閉ざされた視覚のかわりに、聴覚が研ぎ澄まされていった。

さまざまな音が、闇の奥から浮き上がってきた。上空を吹き抜けていく風の音。遠くで鳴く犬の遠吠え。川面を跳ねる魚の水音。草叢の虫の鳴き声。植物が生長する軋みさえ聞こえた。大地がごろごろと音を立てていた。どの音にも、生々しい手触りがあった。耳ではなく皮膚が聴いていた。全身が鼓膜と化したようだった。意識だけがおそろしいほど冴えわたっていた。

そのまま、まんじりともせず夜明けを迎えた。眠りはとうとう訪れなかった。わたしはもう眠ることはないのかもしれない。あるいは目覚めることも。どちらも同じことのような気がした。そんな区別にはもう意味がないのではないか。どんな事実でも受け入れねばならない。

外に出て周囲を見渡すと、あたりは一面の銀世界だった。夜のうちに雪が降ったのだ。でもそんな寒さではなかった。手に取って見ると、それは雪ではない。灰だった。目の細かい白っぽい灰が、いまなお空からちらちらと降っている。それがうっすらと降り積もり、周囲一帯を染め上げていた。

川は昨日と同じように流れていた。川面にも、たくさんの灰が浮き漂っていた。それにたくさんの死体も。上流から流されて来たのか。浅瀬に乗り上げ、流木のように積みあがっている。入り混じり絡まり合って、さながら一個の筏のようだった。どの死体も表面が黒ずみ、相当に腐敗が進んでいるのがわかる。すさまじい屍臭が立ち上ってくる。蛆が湧き、蠅がたかっている。

やがて鳥がやって来た。黒い大きな鳥だ。広げた翼は、人の背丈ほどあるように見える。それが何羽も何羽も屍の山に群がっていく。腐肉を啄《ついば》み、嚥下する。旺盛な食欲は止まることを知らない。餌をめぐって諍いが起こる。鳥たちはしわがれた声で、お互いを威嚇する。羽根を毟《むし》って目玉を潰す。

　鳴き声を聞いて、わたしはようやく思い出す。あれは烏だ。烏のはずだ。しかしそうは思えなかった。あんなに馬鹿でかい鳥はいない。しかもよく見ると、みな足が三本あった。奇形の鳥か。まるで八咫烏《やたがらす》。でもそんなものが現われるのは、神話のなかだけのことだ。あんな鳥がいるはずがない。いるはずのないものが、でもこうして目の前にいる。きっとなにかが狂ってしまったのだ。もう取り返しがつかないくらいに。しかしわたしは驚くことを止めた。なにが起きても驚かないことにした。

　争う鳥たちを尻目に、わたしは再び道を歩いた。鳥の声はいつまでも聞こえた。わたしはひたすら歩を進めた。もうだいぶ進んだところでふり返る。川も橋も見えなくなっていた。それでも鳥の鳴き声は聞こえた。どこまででも追いかけてくるつもりだ。

　しかたなく、わたしはそれを幻聴と見なした。するとほどなく気にならなくなった。思ったよりも簡単なことだ、とわたしは思った。頭のなかに入ったものは追い出せばいい。見えないもの聞こえないものは、なかったことにして。心をからっぽにして、目の前の風景をただ追っていけばいい。改めてそう考え、わたしは息を吐き出した。

　道は先に行くほど荒廃の度合いを強めていった。道筋には民家が増えた。しかしそれだけに、略奪や破壊の痕跡が目立った。乗り捨てられた自動車やバイク、引き倒された自販機がところどころで道を塞いでいた。商店はがらんどうで、いくつかの家にも入ってみたが、内部は荒らされ放題だった。

緑地のそばで奇妙な光景を見た。送電線の鉄塔の上に、人が一人ぶら下がっているのだ。遠目にも黒焦げになっているのがわかる。死因は、感電によるものに間違いないのだろう。ただ問題は、どうしてあんなところにぶら下がっているのかということだ。わたしはしばらく想像をめぐらせてからやめた。考えたところでどうなるものでもなかった。まして事情を解き明かしたところで、なんになるのか。空から蛙が降ってきた。あるいは鰻が降ってきたという、そんなニュースは聞いたことがある。ならば人が降ってきたとしても、別段不思議ではないのではないか。

その他もっと凡庸な死体も見た。不可思議ではない、ありふれた死。路上で、広場で、廃屋のなかで、みなそれぞれ思い思いに死んでいた。新しいものはなかった。大半がミイラ化するか白骨化していた。惨たらしさは半減したが、その分、死の気配は濃厚だった。冷たく凝固した空気が、街全体を覆っている。その上に、灰は静かに降り注ぐ。沈黙した路上に、わたしの足音だけが響いた。

駅前に差しかかったときだった。突然、上空を通過していくものがあった。またしても鳥。畸形の鳥か。そう思ったが違った。今度ばかりは、いくらなんでも巨大すぎる。降りしきる灰のせいで、はっきりとは見えない。でも黒々とした鉄の塊が、うろこ状の雲に覆われた空の、高いところを旋回していた。ほとんど物音も立てずに。

ステルス・ヘリ。偵察機。とっさにそんな言葉が浮かんだ。いずれにしても、しばらくぶりに見る生きた人間の気配だった。わたしは思わず興奮し、ロータリー中央に進み出た。上空に向けて手を振った。わたしがいまここにいることを告げ知らせたい一心で。おーい、おーいと大声で呼びかけた。

はたしてそれはヘリコプターだった。声が届いたのか。あるいは姿が見えたのか。わたしの存在に気づいたヘリは、急速に降下してきた。ほとんど羽音さえ立てず、空中を滑るように降りてくる。大型バスほどもある、真っ黒に塗りつぶされた機体。それが近づいてくる。三本足の烏よりも、ずっと怪物的だった。

不意に胸騒ぎを覚え、理由もなく踵を返した。その刹那、機銃掃射が始まった。なんの前触れも警告もなかった。弾丸はわたしの足元を掠めた。もう一瞬遅ければ、蜂の巣にされていた。地面がめくれあがり、砂埃と灰が舞い上がる。無機質で乾いた掃射音は続く。もう考えている余裕はなかった。わたしはバス・ターミナルの屋根下をくぐり、転がるように駅舎に飛び込んだ。

がらんとした駅構内は、埃っぽい廃墟だった。走り回るだけで粉塵が撒き散らされ、激しく咳き込む。息ができない。肺がきりきりと痛む。喉の奥から血の味がする。それでも足を止めることはできない。外の様子はわからない。でもヘリは、必ずわたしを追ってくるだろう。その確信はあった。隠れる場所を見つけなければ。

崩れかけたコンコースを抜け、無人の改札口を潜った。階段を駆け下りる途中でつんのめって転げ落ちる。全身が床に叩きつけられ、痛みで悲鳴を上げることもできない。ようやく半身を起すと、涙でかすんだ目に、薄暗いプラットホームが見えた。ここなら身を潜めることができるかもしれない。そう思った矢先、背後から爆風が追いかけてきた。

爆発音は遅れて聞こえた。背中と首を焼いた炎が、わたしの身体を追い越していく。前方に押し出され、再び床に叩きつけられる。ミサイルが撃ち込まれたのに違いなかった。わたしは目を閉じ、胎児のように蹲る。目蓋の裏が明るいオレンジ色に染まった。地面は熱を持ち、小刻みに震えていた。自分の肉が焼ける臭いがする。

それからわたしは笑い出す。おかしくてたまらなくなる。こんな事態に直面していること自体が。這いつくばった姿勢のまま見上げた。駅舎はそのほとんどが吹き飛んでいた。おかげでずいぶん見通しがいい。視線の先にはあの黒いヘリがいた。わずか数十メートルの距離。こちらを見下ろし滞空している。

わたしは魅せられたようにその機体を見つめた。シャープな流線型のボディは、まるで新品のようだった。表面には錆ひとつ浮いておらず、ついさっき工場から運び出されたもののように思えた。そのせいで、ひどく抽象的な存在に思えた。

コクピットのなかは見えない。だから操縦者がどんな人間なのかはわからない。でもヘリが、なんのためにここにいるのかははっきりしていた。わたしを殺すためだ。機銃が回転を始め、角度を下げた。その先端は、まっすぐわたしに向けられていた。

そのとき、側面から飛来したロケット弾が、ヘリの胴体を貫いて爆発した。再び爆風が広がる。大きく体勢を崩したヘリは、いったん上昇し立て直しを計る。けれどその拍子にプロペラが瓦礫を巻き込み火花を上げた。機体がガクンと高度を下げる。ローターから黒い煙が立ち上る。そのままスローモーションのようにふらふら揺れながら落ちてくる。

ヘリが地面に激突した。轟音とともに爆発炎上。地震のような衝撃が襲った。周囲に塵が巻き上げられてなにも見えなくなる。いたるところで炎が逆巻き、陽炎が立つ。なにもかもが歪んで見える。わたしはなんとかこの場を逃れようと、手さぐりで進む。火は着々とその勢いを増し、逃げ道を塞ぐ。

右往左往するわたしの前に、一人の兵士が姿を現わす。ゆらめく炎の向こうに立っていた。鈌兜のような、ごついガスマスクを被って。背中にはランチャーを下げている。先ほどのロケット弾の射手なのか。わたしが礼を言おうとすると、ジェスチャーでそれを制した。代わりについてこいという合図を示した。

わたしは彼の指示に従った。プラットホームの下に飛び込む。線路に降りると、ひんやりと湿った空気が滞留していた。足元には砂利道が続いている。二本の線路を隔てる黒ずんだコンクリートの支柱が、等間隔で並んでいた。それを一本ずつ数えながら進んだ。兵士は慣れた足取りで先導する。

少し行くと信号機と配電盤があった。兵士はそこで立ち止まり、足元を探る。するとコンクリートの床の一部が、突如四角く口を開いた。そこから鉄製の階段を降りる。幅の狭い通路が続いていた。大人一人が、ようやく通り抜けられるほどの広さだ。明かりは乏しい。壁に連なる小ぶりな電球だけが頼りだ。

長く曲がりくねった通路を進んだ。先に行くほど天井は低くなっている。身を屈めたが、途中何度もシャッターの縁に頭をぶつけた。まるで地下要塞のようだ。行き着いたのは、体育館ほどの広さの空間。天井には無数の配管がびっしりと並び、そこに蛍光灯が備え付けられていた。その下に、武装した兵士たちが群がっていた。みなマスクを被り、先導の兵士と同じいでたちをしていた。リーダー格の一人が進み出て、くぐもった声で言う。「ようこそわれらの王国へ――」

「ようこそ、われらの王国へ。きみがなにものなのかは知らない。しかしわれわれは、きみが来ることをあらかじめ知っていた。数日来、みんなの夢に徴があった。それらを総合してみたところ、敵に追われこのアジトまで逃げてくる者がいることがわかった。つまりはそれがきみというわけだ」

「敵というのは、あのヘリコプターのことか？　あれはいったいなんなんだ？」

「敵はあらゆる意味とかたちをとる。だから特定することはむずかしい。あの機体は連合国の偵察機かもしれず、隣国の進駐軍のものかもしれない。情勢は常に流動的だから、誰がわれわれの敵になるものか知れない。だからこそわれわれはつねに細心の注意を払わなければならない。そして敵と向き合わねばならん」

「あなたたちは正体もわからない敵と戦っているのか？」

「なにも不思議に思うことはない。敵の存在の不確かさに比べれば、われわれの存在ははるかに確かだ。そして敵に立ち向かうことが、われわれの結束をよりいっそう強固なものにしてくれる。抑圧のあるところには、抵抗もまたある。つまりそういうことだ」

「ゲリラのようなものか」

「そう思いたいのなら、そう思ってくれてもかまわない」

「あなたがこの集団を率いて戦っているのか？」

「いや、それは違う。わたしはただの触媒に過ぎない。われわれは個人と無縁の命令に従って戦う。その命令こそわれわれ全員を、個人から離れた、個を超えた存在へと導いてくれる。これこそ民意の最終形態だ」

「つまりあなたは、この場の大多数の意志を代表しているのか」

「大多数ではない。全員だ。つまり全員の意志が全員に命令を下す。ゆえにこの命令は間違うことがない。これほどたしかなことがあるかね。われわれは地上にあるとき、身内の裏切りを、スパイの存在を、命令の誤解を恐れなければならなかった。しかしいまのわれわれは、そんな恐れとは無縁だ。われわれは命令に従えば従うほど自由になることができる。われわれはこの自由を得るためにこそ、地上を捨てた」

「地上の様子は見てきた。いったいなにが起こったんだ？」

「各地の発電所の暴走により、地上は死の街と化した。撒き散らされた有害物質は、いまや全域に行き渡っている。もはや人が住むことはできないだろう。たしかに過酷な事態ではあるが、これもまたわれわれ全員の意志によるものだ。そしてこの機を逃さず、われわれは王国を打ち建てることに成功した。しかし敵はそれを認めようとしない。われわれを排除し、除去することで、この地にあらたなる支配を確立しようと努めている。再建と復興の名のもとに。われわれは、そうした干渉を退けるため戦っている。物質がその毒性を失うまでには何年もかかる。その間、地下で持ちこたえなければならない。だがこの王国は千年でも続くはずだ。みながそう信じているのだから」

「つまりあんたらみんなの仕業ってわけか。あんたらのせいで地上は廃墟と化したと。でもなんのために。そんな犠牲を払う価値があったか？」

「われわれの意志の行方をたしかめるためだ。文明というものが始まって以来、われわれは長らくその行方を追い求めてきた。そのために子を産み、家を建て、道を整備し、街を造った。送電線を張り巡らせて、膨大なエネルギーを供給してきた。しかし事業が進めば進むほど、むしろわからなくなってきた。われわれはなにを欲していたのか。いったいどこに向かっていたのか。野放図に膨れ上がる欲望に翻弄され、われわれはわれわれ自身を制御しきれなくなった」

「だったらいっそ壊してみたらどうかと？」

「誰もがどこかでそう思っていた。だからこそ意志の発露があった。そう考えるべきだ。われわれもまた代弁者に過ぎないのだから」

「責任逃れの言い訳にしか聞こえない」

「いや違う。おそらく世界は、それが破壊されたときにはじめて、その真の姿を現わすものなのだ。廃墟、沈黙、おびただしい死――存在をやめつつあるものだけが、逆説的にわれわれが誰であるかを教えてくれる」

「そういうのを傍迷惑というんだ。巻き添えになった連中のことはどうする」

「いずれにしても最後には、すべてが無に帰し、すべてが滅び、すべてが過ぎ去る。世界だけが残り、時間だけが続く。そしてその地点にこそ、真の王国が訪れるのだ」

「わたしはそんな与太話は信じない」

「残念だ。きみも彼の声を聞けばわかるはずだが」

「彼？」

「われわれの救い主だ。彼の声に導かれて、われわれはここまで来たんだ」

「そいつがあんたたちのリーダーなのか。どこにいる？」

「いや、救い主はまだ姿を見せない。だがいつの日か、きっとわれわれの前に現われる。その日こそ、われわれが救われる日だ。天は開かれ、馬上の彼が姿を現わす。彼は誠実および真実と呼ばれ、正義を以って裁きまた戦われる。その目は燃ゆる炎のようだ。無数の天の軍勢を率い、諸国の民を打ち滅ぼすだろう。あらゆる敵を駆逐するのだ。刃向かうものは容赦なく、硫黄と火のなかに投げ込む。そして万物は刷新される。われわれは新しい天と地を見るのだ。そこに永遠の都が降ってくる」

「いったい誰がそんなことを――」

言いかけてやめた。頭上で大きな爆音がしたからだ。配管がうなりを立てて震動している。天井を伝って、地下壕を駆け降りてくる大勢の足音が響いた。知らない言葉で誰かが叫んだ。そしてだしぬけに照明が落ちた。突然の闇に、兵士たちのひきつった悲鳴が響く。敵の襲撃に間違いなかった。わたしは尾行されていたのだ。

扉が打ち破られる音がすると同時に、小さな金属音がした。一瞬の間の後、大きな爆発が起こった。立て続けに三回、四回。全身に炎を纏い、飴細工のように崩れ落ちる兵士の姿が闇を溶かした。壁際に退避した兵士たちは、銃弾を連射し反撃を試みる。しかしなお敵の姿は見えない。闇の向こうに、ひしめく敵の気配を感じる。扉の先で待ち伏せている。飛び出せば、あっという間に蜂の巣になる。といって、このまま閉じこもっていては蒸し焼きにされるだけ。密閉した空間には、人間の焼ける臭いが充満していた。わたしは気分が悪くなって吐きそうになる。でも背後から誰かがやって来て我慢するように言う。それからわたしにマスクを手渡す。

一か八か突破するしかない、と誰かが言った。わたしは暗闇のなかで、苦労しながらマスクを被る。ひどく重くて息が苦しい。気が遠くなる。地下壕全体がどよめいていた。地龍がその背骨を捩じらせ、ギリギリと音を立てるように。合図とともに発破をかける、と誰かが言った。そうしたら一気に駆け出すんだ。でもいったいどこに向かって？　わたしの遍歴の果てはどこにあるのか？　その答えが知りたい。しかし質問をする余裕はなかった。合図はだしぬけにやってきた。

騎士 IX

主人と従者が荒れはてた道を行く。ところどころでめくれあがり、ひび割れ砕け断ち切られた道。周囲には荒廃した街並みが広がる。割れたガラスと倒れた支柱、崩れ落ちたビル、名もない瓦礫の堆積した山。長の歳月風雨にさらされ、死んだ生き物のように蹲る街。降り積もる灰が、うっすらと層を成している。雪景色に似ている。灰混じりの埃っぽい風が、ふたりを追い越していく。

「サンチョやサンチョ」と老人は言った。「ずいぶんと殺風景になってしまった。これがお前の望む王国の姿か。わしが思っておったものとは、ずいぶんと違う」

「たしかに」と従者は応じる。「ずいぶん寂れちまいましたが。でも旦那さまは、いったいどんな王国を思い描いておられたんで？」

「いやわしとて、これといった絵があったわけではない。ただもっと賑やかで楽しく、人びとが笑って暮らせる国になるものと思っておった」

「それがこのあり様はどうかと？」

「ううむ。これはではまるで死の街ではないか」

「ですが旦那さま、結局これが、**みんな**が望んだことだったのです」

「サンチョ、それは聞き捨てならんな。そもそもこれは、お前の目論見ではなかったか。黙示録まで持ち出して、わしをそそのかし、街をこんな廃墟にせしめたのではないか？」

「まさかまさか。おいらにはそんな大それた心算はありませんが。ですがことのついでに申せば、黙示録とはギリシア語のアポカルプシスから出ているわけで。その動詞アポカルプテインには《覆いをとりのぞく》って意味がありますが。つまりそうして奥義・秘密を明らかにするってことが、黙示録のミソなわけでして。だからこうして明るみに出た廃墟の風景、それがこの街の真の姿だと、そう言うこともできますでしょうか。なのでこういうことになったのもまあ、自然の成り行きと申せましょう」

「詭弁を弄しておるように聞こえる。だいいちお前には、そのような知恵はなかったはずだぞ。黙示録の語源をたどるような知恵は。お前は馬鹿正直で無邪気で粗忽なサンチョ・パンサではなかったのか。わしをたばかっていたのか？」

「いえいえそのようなことは。おいらはあいかわらず頓馬のままですが。ただ自分で言うのもなんですが、おいらのような民衆というのは、ほとほと度し難いものですが。自分でもよくわかってない又聞きの話を、さもわかったふうに話す癖があります。**みんな**がそう言っていたなどと申して。そういうことがもう何百年と続いてきたので、おいら自身がなにを知っててなにを知らんのか、よくわからなくなってきている次第ですが」

「お前はそうして、なんでも**みんな**のせいにしてしまうのだな。だいいち当の**みんな**はどこに行った？　あの羊たちの群れは。風車での一件以来姿が見えぬが」

「ああ、それでしたら心配はいりません。みな散り散りになっちまいましたが、各所で敵と戦っていますが。またどこかで出くわすこともありましょう」

「どういうことだ。風車であれば、すでに**みんな**で打ち倒したではないか」

「旦那さま、あの連中にはいつまでも敵が必要なんですだ。敵方に悪と罪の刻印を押して、それを打倒し破滅に追いやることが、味方の平和と安寧に繋がる。そう信じて疑わんのです。逆に言えば、敵さえ叩いていればそれで安心できると言うわけでして。ですから敵が絶えることはありません」

「それでは**みんな**は未来永劫、闘い続けることになるぞ。ずいぶん馬鹿げた話ではないか」

「馬鹿げていますが、それが連中の流儀なんです。奴らは自分が、不当に貶められた弱者であると信じています。でもじっさいにそうであるわけじゃない。ただ集団のなかでしか、魂を保てない貧しい者たちです。奴らは子羊のふりをしていますが、獅子のように吠え、鋭い牙を隠し持っています。いわば肉食の羊たちですが。生贄にされる犠牲者として現われ、自らの不幸と苦痛を訴えてますが、ほんとうに考えているのは、どうやって敵の喉笛に食らいつくか。そのことだけです。そうやって敵を屠り、返り血を浴びた衣を纏い、勝ち誇った顔で今度は味方の裁きを始める。味方のなかに敵を見出し、そいつを叩き出すためです。そんなことをしてたら、いつまでたっても殺し合いは収まりませんが。ですがそれこそが連中の望みなんです——」

遠くで爆発の音が響いた。廃墟の向こうのどこかから、黒煙が立ち上っている。じっと耳を澄ませていると、銃撃と悲鳴が聞こえた。怒れる者のがなりたてる声、虐げられた者たちのすすり泣く声も。風に乗り、硝煙と血の臭いがただよってくる。上空を、音もなくすべっていく爆撃機。空からはなお灰が降りしきる。見上げていた老人が呟く。

「そもそもこの灰はなにか？　まるで雪のようだ」

「わかりませんが。もしかしたら、焼かれた獣たちの灰かもしれません。燔祭で生贄に捧げられた獣たちですが」

「わしは間違ったことをしたのではないかな？」

「そんなことはありませんが。旦那さまは、ほんとうに立派な方です。高潔で、誇り高くて、ゆるぎない理想をお持ちだ。まるで聖者のようですが。救い主と言ってもいいです。旦那さまのような方と旅ができて、おいらはほんとうに幸せでした。たしかに酷い目にも会いました。笑いものにもされましたが、それもみな楽しい思い出ですが。ただそういうのはぜんぶ昔の話です。この四百年で、おいらたちはすっかり醜くなりました。妬み深くて厭らしく、疑り深くてさもしい者になっちまいましたが。だから旦那さまの気高さは、**みんな**の思いに触れたとたん、聖ならざるものに化けちまいました。その結果がこれ。旦那さまの理想からは程遠いありさまですが」

「こうなることを、お前は知っていたのではないか。知っててわしをそそのかしたのではないか」

「それは違いますが。おいらはただ**みんな**の一員として、その意向に従っただけで。ですがこうも極端になるとは、正直思っていませんでした。いつも陽気で無頓着なおいらも、今度ばかりはさすがに考えこんでしまいました」

「おお、サンチョが考えこんでしまうとは。なるほどこれは並たいていのことではないな。しかしどうする。わしらの旅も、もはやここまでということか。また二人で故郷の村にでも戻るか。しかしなにしろ四百年は長い。村はまだ、かの地にあるのか」

「なにをおっしゃいます旦那さま、旅はまだまだ続きますが。ご覧ください、おいらたちの足元を。道は続いておりますでしょうが」

「しかしもはや街はなく、人びとも姿を消した。この様子では、早晩ここも荒野と化すであろう。わしらが旅したラ・マンチャの荒野のように」

「おお旦那さま、しかしそれこそ絶好の機会ではないですか。かつてのように思う存分、荒野に花を咲かせてください。枯れることのない妄想の花を。千年の王国はきっと、そのなかにこそ訪れるはずですが」

「都合のよいことを申すな。だいいちどこに向かえばよいのだ」

「自分がどこに向かっているのか、人はたいてい知らぬものです。いずこなりとも、旦那さまの好きなところへ向かえばよろしいのですが。前を向いて歩いていれば、まず間違いはありません。そして旦那さまが向いている方、そいつがつまりは前ですが」

「なるほどそれはすばらしい考えだ。しかしそのような手前勝手が許されるものかな」

「おお、旦那さまともあろう人が、なんとせせこましいことを言うのですか。細かい辻褄など忘れてしまってくださいませ。なにせここは、黙示録の後の世界です。書物のなかの書物、その最後にあるのが黙示録ですが。その後にあたるのがこの世界ってわけで。つまりおいらたちは、書物の外側に立っているので。だからもう筋道の立った物語はありません。思うとおりに進むしかないんですが」

「なるほどサンチョ、どうやらわしらは見も知らぬ世界に踏み出そうとしているようだ。では臆せずに進むことにしよう。なにしろわしは真実の騎士、ドン・キホーテその人なのだから。なにものも、わしの行方を遮ることはできない」

「そうです、旦那さま。その調子ですが」

「おお、早速向こうに誰か見えてきたな。兜を被っておるところを見ると、新手の騎士であろうか。ずいぶんと疲れている様子だが。それにどうもおぼろげな姿だ。一人でふらふらさ迷っておるな。自らの遍歴の果てを追い求めるように」

「いいえ旦那さま、よく御覧なさいまし。もう一人います。おいらたちと同様、主人と従者の二人連れですが」

「まことか。わしにはよく見えぬのだが」

「いえ、おいらにはよくわかります。あれは長年、連れ添った従者ですが。してみるとあの二人は、おいらたちの影かもしれんですが」

「そうとも限らん。影はわしらの方かもしれん」

わたし

雪は何年も、何十年も降り続きました。世界は冬に覆われていきます。この星にとっては何度目かの季節の訪れ。でもわたしたちにとっては初めての経験でした。いろいろな説が唱えられましたが、ほんとうの原因ははっきりしていません。各地で戦争があったことはたしかです。おびただしい血が流され、人びとは憎しみを募らせていきました。使用してはならない武器が使われ、都市はまるごと焼き尽くされました。火は粉塵を巻き上げ、それは空高く舞い上がり、天を覆いました。そのせいで陽が遮られ、地表の温度が下がっていったのだと伝えられています。古代生物が滅んだときも同じだったと、科学者たちは分析しました。でもほんとうのことはわかりません。

いずれにせよ、世界はゆっくりと終わっていきました。事態は徐々に悪化してゆき、一度降った坂は、二度と上りに転じることはありませんでした。一部の人びとはこの災厄を、一種の啓示として受け取りました。彼らが思い描く神の計画の、最終段階を示すものとして。そして真っ向から、その苦難に立ち向かっていきました。しかし彼らが期待したような裁きの時が訪れることはなく、救い主が現われることもなかった。劇的な転換も救済もなく、ただ飢えて痩せ衰えた馬が、弱って緩慢に死んでいくように、世界は滅びに向かっていきました。

　でもわたしたちは、そんなこととは無関係に生きていました。遠い過去や未来を思い描く、そんな余裕がなかったからです。わたしたちはどこから来たのか、どこにいるのか、どこへ行くのか。そんな疑問を抱くようなゆとりを、わたしたちは持ちえませんでした。世界の開始はわたしたちの誕生と同時で、終了もまた死と同時でした。それはどこまでも具体的な事実で、日の出と日没が一日を縁どっているのと同じぐらいたしかなことでした。あらゆる比喩や抽象を排して、わたしたちは雪原を歩き回りました。わずかな糧と栄養を求めて。

　わたしが育ったのは、そんな集団のなかでした。いえ、こうした言い方は適切ではないのかもしれない。なぜならこの集団のなかにわたしというものはなかったからです。わたしたちは常にわたしたちのまま、分割不能な一個体として存在していました。もし仮にわたしというものがあるなら、それは全体の一部分として、一個の部品としてあるに過ぎない。そうした環境のなかで、わたしは育ちました。わたしがわたしを知ったのは、もっとずっと後のことです。

　わたしたちは自らを旅団と呼んでいました。元々はもっと違う別の名称があったのかもしれません。でも旅を続けるうちに諸々の理念は抜け落ち、もっと単純にわたしたちの行動指標を表わす名前が選ばれるようになったのです。わたしたちは一つ所に留まることをせず、常に移動を続けていました。出発したのはずっと昔、世界がまだ滅びへの坂道をゆっくりと降っているころです。うち続く内戦を逃れ、国を脱け出したわたしたちは安住の地を求め、各地を転々と歩き回りました。しかしどこにも受け入れ先はなく、やがて遍歴そのものがわたしたちの運命なのだと悟りました。

帰るべき場所を持たない遍歴――その自覚が、わたしたちの集団を強靭に鍛え上げました。わたしたちは、いかなる信仰も哲学も持たず、ただ生き延びることに特化するようになりました。約束も信頼も当てにせず、打算と策略を専らとしました。それは時代の趨勢と合致しました。世界の崩壊が進むにつれ、わたしたちの選択のただしさが立証されていきました。平和な時代には、温和で篤実な人びとが繁栄します。でも混乱の時代には、無慈悲で冷酷な者たちが栄えるのです。わたしたちは行く先々で窃盗、暴行、詐欺を働き、奪えるだけのものだけを奪うと、すばやくその地を後にしました。そのようにして生き延びてきたのです。

多くの土地を経巡り、わたしたちの悪行は知れ渡りました。入国を拒まれることも多々ありました。しかしそれもはじめのうちだけでした。やがて世界は全面的な混乱に陥り、国家機能そのものが麻痺していきました。おかげでわたしたちは、より自由に動き回ることができました。市街地に近づくと、旅団に加わりたいと希望する者たちが群がりました。有用な者は加え、そうでない者は拒みました。選定の基準はそれだけでした。あらゆる国、民族、言語を持った者たちが混淆しました。しかし混乱や諍いはわずかでした。みな生き延びるのに必死だったからです。当初は武器を持ち、暴力を得意とする者たちが主導的な役割を担いました。略奪に役立ったからです。しかしその傾向にも徐々に変化が訪れました。

気温が下がり、冬の訪れが決定的になっていました。一過性の季節ではなく、何千年と続く冬だと言います。降り続く雪は徐々にその勢いを増し、都市と文明を埋めていきました。建物も衣服も食料も燃料もすべて、雪の層に覆われていきました。わたしたちは廃墟を歩き回り、失われた文明の利器を漁って生活に用立てていました。しかしやがてはそれにも限界が来ました。雪はとうとう、かつての世界をすっぽりと覆い尽くしてしまったのです。

旅団にもはっきりとした転機が訪れていました。すでに収奪に値するものはなく、遍歴は文字通り当て所のないものになっていました。共喰いが始まったのは驚くべきことではありません。他に獲得の宛てがない以上、互いを食料と見なすことは理に適っていました。最初は体力の弱った者から、次は役に立たない者から。段階的に処分され、食料に変えられていきました。集団の人数は一気に落ち込み、また統制は乱れていきました。全体の意志によらない殺害が増え、盗み食いが横行したのです。わたしたちは壊滅の危機に曝されていました。

しかしわたしたちは、すんでのところで踏みとどまることができました。思えばわたしたちは、みんなでひとつの個体だったのです。左手を食えば、右手の飢えは癒えるかもしれない。しかし右手まで食べてしまえば、今度は誰が食べ物を口に運ぶのか。自食行為は、最終的な破滅をしかもたらさない。その事実に気がついたのです。わたしたちは共喰いを止め、狩りを始めました。幾人かが、狩猟の技術を持っていたことが救いになりました。わたしたちは得物を求めて、雪原を歩き回りました。

動物たちの生命力は驚くべきものです。雪原のあちこちに、小さな巣を作って生き延びていたのです。野兎、狐、鼬《いたち》、ヘラジカ、狼、鼠、鷗《かもめ》、禿鷹《はげたか》――いずれも小規模な群ればかりでしたが、狩りにはかえって好都合でした。わたしたちは獣を殺し、肉を食らい血液を飲み内臓を啜《すす》って飢えをしのぎました。毛皮を剝いで身に纏いました。暖を取るためにはそれが必須でした。集団は次第に群れに転じて、だんだんと動物じみた容貌を獲得していきました。しかしそれだけにいっそう強固なまとまりを得ることができました。わたしたちは一匹の人、あるいは一人の獣だったのです。


そのころ、わたしたちは大陸の北端を移動しているところでした。獲物を追って旅を続けてゆくと、自ずと足は北へ北へと向かっていったのです。旧世界で、もっとも文明の手が行き届かなかった地域です。乏しい太陽と吹きすさぶ風、雪深い原野と切り立った崖。環境の激変は地球規模のものでしたが、この一帯には大きな影響を及ぼさなかったようです。逆に言えば、ここでは太古の昔から変わることのない過酷な生命の営みが繰り返されてきたということです。背の高い針葉樹林が頭上を覆いました。わたしたちは枝を切り火を熾しました。野鳥を捕まえて焼き、凍てつく川で魚を捕りました。森はおそろしく静かでした。

わたしが産まれたのが、この時期だったことはたしかです。でもさっき言ったように、わたしはわたしたちの一部として産まれ生きる者です。大人たちは誰彼の見境なく交わり、子供たちは自ずと産まれ落ちます。そして特定の親を持たず、群れの一部として育てられるのです。もちろんその大多数は死にます。わずかに生き残ったものだけが、やがて役割を担い、群れを支えてゆくことになるのです。だからわたしの誕生について語ることは無意味です。そのような記憶も記録も、本来あるはずのないものだからです。にもかかわらずこのように言えるのは、わたしが馬を見たからです。

　馬は灌木の茂みの向こうに、優雅にたたずんでいました。子供だったわたしが、キノコを採ってくるように命じられ、森の奥に行ったときのことです。雪に埋もれた木の根をたどるうちに、ずいぶん深いところまで入り込んでしまいました。群れを離れて、それほど遠くまで赴いたことはありません。わたしが不安を感じはじめたころ、不意に樹木が途切れました。森が開けていたのです。そしてわたしの目の前には馬がいました。全身は奇妙に青白く輝き、ふさふさとした銀色の鬣《たてがみ》を持つ馬でした。たった一頭で、けれど少しも寂しげではなく、静かにその場にたたずんでいました。最初、それがなんなのか、わたしにはわかりませんでした。でも甲高い嘶き声を聞いた瞬間、わたしは悟ったのです。これは馬だと。これが馬なのだと。

　わたしは大急ぎで群れに戻り、大人たちに告げ報せました。この目で見たことを。馬がいたことを。大人たちは半信半疑でした。馬なんてもう何十年も見たことがないと言って。わたしはみなを引き連れ、再び森の奥に向かいました。そして樹木が途切れ、森が開ける場所までたどり着きました。しかしそこにはもう、馬の姿はありませんでした。痕跡すらなかったのです。せめて蹄の跡でも残っていればよかった。でも降りしきる雪が、それさえかき消してしまったようです。わたしはこっぴどく叱られて罰を受けました。ほどなく群れはその地を離れ、さらに北へ向かいました。

しかしほんとうの騒ぎはむしろここからでした。馬のもたらす狂熱が、静かに群れを捕らえていったのです。そう、馬はただその肉を食らう獲物ではなかった。それに跨り、意のままに操ることで、わたしたちの能力を拡張してくれる生き物でした。失われた文明へと連なる存在。むしろそうした意味の方が強かったかもしれません。馬さえあれば、獣を追い込み狩り立てることができる。馬さえあれば、一日に百キロを進むことができる。馬さえあれば、海を渡って別の大陸に渡ることもできる。願望と夢想が混然となり、わたしたちの判断をあやふやにしました。そして多くの者が馬を夢見るようになったのです。

しかし改めて問題になったことがあります。なぜ、わたしはあのとき、あれが馬だとわかったのか。産まれてから一度も馬など見たことのない、そんなわたしが、なぜ馬を馬と知ることができたのか。大人たちはそこを疑問視しました。わたしは厳しく尋問され、知っていることのすべてを話しました。それはすべてでした。わたしはすべてを知っていたのです。わたしたちの群れが、かつて旅団と呼ばれていたこと。祖国を出た難民の末裔であること。世界がまだ、こんなふうになる前の時代のこと。戦争、兵器、冬の訪れ――。そうしたすべてを、わたしは仔細に憶えていました。わたしが誕生するよりずっと前の出来事のすべてを。大人たちは心底驚いたようでした。

しかし別段、不思議ではありませんでした。なにもわたしが特別だったわけではありません。同年代の子供たちは、たいてい同じような記憶を持っていました。そしてその事実を知った大人たちもまた、自分が本来知るはずのない出来事を憶えていたことに気がつくのでした。おそらく群れの集団性の発露ではないか。誰かがそう指摘しました。互いにあまりに密着し、誰が誰なのかも曖昧な集団――そのなかで個別の記憶は意味を失い、すべては集合的無意識に統べられる。そしてそれは、ヒトという種のもっとも古い記憶にまで連なっているのではないかと。そう考えると、すべてが腑に落ちてくるようなのでした。

思えばわたしたちは、いったい何度目の冬を生きているのでしょう。目路のかぎり続く雪原。その真ん中を歩いていると、だんだんとわからなくなってきます。前の冬が訪れたとき、ヒトはそれを生き延びました。獲物を狩り、毛皮を被って。わたしたちがいま、ここでこうしているように。ときどき、激しい既視感にとらわれることがあります。それは日々が単調な繰り返しであるせいかもしれない。でも違うのかもしれません。何万年も前、まったく同じように生きていた人類の、古い記憶が呼び覚まされているせいかもしれない。わたしたちはずっと、飽くこともなく同じことを繰り返してきたのではないか――。

人類の故郷は、温暖な森林だったと言われています。わたしたちはそこで、ふんだんな果実や昆虫に囲まれて過ごしました。でもなんらかの事情があってそこを出た。冬が訪れ、森が枯れてしまったせいかもしれません。そこからわたしたちの遍歴が始まったのです。すべてが満たされた森林から放逐され、なにもない雪原に投げ出されたそのときから。世界は少しも優しくない。わたしたちの生は拒まれている。その前提があったから、わたしたちは服を纏い、火を熾し、言葉を紡ぎ、文明を築きました。でもそれが仮初のものでしかないこともよく知っていました。わたしたちの生存は、果てしない遍歴のなかにしかない。そのことを嫌というほど知っていたのです。

やがて馬への渇望は、群れ全体に行き渡っていきました。いまや誰しもが馬の姿を見ていました。雪原の果てに、吹雪の向こうに、山の彼方に。いまやその希望がなければ、群れを維持していくことはできない。そうしたものになってしまいました。儚い救済の希望。それは群れの維持存続にとって、危険な兆候であったのかもしれません。でも皮肉なことにわたしはその後、馬を見ることがなかった。森の果てで見たあの馬の姿は、いつまでも鮮明でした。しかしあれ以上に現実味を帯びた経験が、再び訪れることはありませんでした。わたしは虚しさを抱えたまま生き、やがて年老いていきました。

わたしたちは急速に年をとっていきます。世代の交代はめまぐるしく早い。おそらくはわたしの種による子供が育ち、次第によく似た顔立ちになり、いつしか群れの中心的役割を担うようになっていきました。彼の成長を見ながら、わたしは自分の死期が近いことを悟りました。役に立たなくなった者は打ち捨て、群れは先に進まねばならない。それが掟でした。しかし最初の馬の目撃者であるわたしは、ある種の聖別を受けた存在として特別視されていました。だから保護されたまま、老いさらばえていった。昔見た夢を繰り延べながら、己が命脈を保っていたのです。

ある晩、奇妙な胸苦しさに目を覚ましました。心臓が不規則に拍動し、悲鳴を上げているのがわかりました。いよいよ死が訪れるのだ。わたしはそう思いました。わたしは他の者を起こさぬようそっと身を起こし、群れを離れました。月の明るい夜でした。夜の底は白く輝き、わたしの道行きを照らすようです。わたしは森の奥に入り、そこで最期を迎えようと考えていました。おそろしくはありません。わたしはもう何度も、自分自身の死を思い描いてきたのです。したしもう十分に奥に踏み入ったと思ったそのとき、不意に木立が途切れたのです。あのときと同じだ。わたしはそう思いました。そして森が開けた先にいたのは、あの神秘的な馬でした。

馬はあの日と同じように、静かにたたずんでいました。しかし今度は一頭ではなかった。おびただしい数の馬たちが、そこにはいました。みな一様に、青白く輝く毛と銀色の鬣を携えて。わたしは震える足取りで、彼らに近づいていきました。馬たちの吐息と体臭をすぐそばに感じました。わたしの胸は張り裂けそうでした。そうなっていたらよかったのかもしれない。至福のうちに死ぬことができたのだから。後にわたしはそう思いました。しかし指先が、先頭の一匹に触れそうになった瞬間、あの甲高い嘶きが聞こえたのです。嗚き声は別の嗚き声を呼び、呼応しあうように続きました。荒々しい鼻息が漏れ、彼らがひどく興奮し、いきり立っていくのがわかりました。そしてひときわ大きな嘶きを合図に、彼らは駆けだしました。たぶん百頭は超えていたでしょう。それだけの数の馬たちが、一目散にわたしが来た方角に殺到し、掛け抜けていったのです。地を裂くような、おそろしい音を轟かせながら。
わたしは急いで馬たちを追いかけました。生涯を通じて求め続けてきたものが、あとわずかというところで手元から逃れ去る。その苦痛に耐えられなかった。それだけではない。なんとも言えぬ嫌な予感がしていました。わたしが来た方向とは、つまり群れの居留地に他ならなかったのです。大慌てで、来た道を引き返しました。不安が黒雲のように湧き起り、わたしの行く手を塞ぐようでした。そして案の定、群れの元に戻ったわたしが見たのは、ずたずたに引き裂かれた仲間たちの姿だったのです。馬たちは居留地を貫通して進んでいました。無数の蹄の跡が残されていました。群れを蹴散らし、踏み拉き、押し潰していったのです。誰一人、生き残った者はありませんでした。たぶん悲鳴を上げる暇さえなかったでしょう。彼らは眠っているうちに、自らが夢見たものに踏み潰されて死に絶えたのです。わたしは身を裂くような苦痛を覚えました。彼らを殺したのはわたしでした。わたしは地面に突っ伏して泣きました。

こうしてわたしは一人になりました。それまで想像したこともない事態でした。一人で考え、一人で行動するなどということは。それはわたしを変えました。いえ、わたし自身というより、世界のありかたそのものを変えてしまいました。風景から一切の意味が剝ぎ取られていました。わたしはただ、からっぽの空間に投げ込まれた木偶《でく》。自動人形に過ぎませんでした。わたしはもう死を待つばかりの身でしたが、それでも歩みを止めることはできなかった。死んでいった仲間たちの分も、歩き続けなければならなかったからです。馬たちは、時折わたしの元に戻ってきました。わたしの歩みの傍らにいて、いつも少し離れた位置からこちらを見ていました。あるいはそれは、ただの幻影だったのかもしれない。でもその幻影と並走するうちに、わたしの歩みは少しずつその速度を増し、いつしか風のような軽やかさを帯びるようになっていきました。

空を駆け、雲に乗り、海峡を渡って、滅びゆく世界を見て回りました。いえそれはもう、事実上滅んだ世界でした。生きた人間は一人もいません。動物たちの姿さえまばらでした。おそらくわたしは、人類最後の生き残りだったのでしょう。その事実を空気のように飲み込んでしまうと、わたしはいっそう身軽になりました。わたしはさまざまな場所に拡散してゆきます。隣を走る馬たちを見ていると、いろいろなことが思い出されました。それは人が死の間際に見るという情景に似ています。さまざまな記憶が、なんの脈絡もなく蘇ってくるのです。その大半は、わたしが見たことも聞いたこともない情景でした。それらが洪水のように押し寄せてくるのです。するとまったく繋がりを持たなかった断片たちが、一つの意味として浮上してくる。静止画が連なることで、運動が立ち現われてくるように。それは不思議な経験でした。わたしは様々な出来事を思い出していきます。記憶は複数のわたしを横切り、切り裂きながら縫い合わせていきました。

たとえばわたしはトロイア戦争の英雄でした。木馬に潜んで、戦いを勝利に導いたのはわたしです。でも帰路で嵐に巻きこまれ、何年も異国をさ迷う羽目に陥りました。ひとつ目巨人に名前を問われ、誰でもないとわたしは答えた。だからわたしは誰でもなかった。けれどいつかは、ひとかどの者になりたい。そう思い愛馬に跨り、世界の果てを目指して進みました。小アジアとエジプトを平定、ペルシアを滅ぼしインダス川を越えた。わたしは偉大な大王と呼ばれ、さらにインドの奥地を目指しましたが、病に倒れてしまいます。熱病にうなされるなか、無念の思いは東方に飛び、別の場所から天竺を目指すことにしました。わたしは経文を取りに、かの地に赴く法師です。行く手に待ち受ける妖怪変化。こちらも負けじと奇怪な弟子たちを引き連れ、わたしは難路を切り抜けていきます。とはいえすべては、釈迦の手のひらの上の出来事に過ぎない。ふとその虚しさに気づいてしまう。そこで心機一転、海に出ることにしました。新世界に向けての船出です。襲い来る嵐、水夫の反乱、食料の危機。すべてを乗り越えて到着したのは、わたしが信じたインドではなく、アメリカという別の大陸でした。わたしはその正体が知りたい。そう思い、まず手始めに、ペンシルヴァニアとメリーランドの間に境界線を引く、そんな仕事を請け負いました。でもその線はやがて国を南北に分かち、激しい内戦を呼び込むことに。わたしはアメリカに失望し、測量士としてのキャリアを生かして再就職。別の任地に向かうのでした。ただそこはいずことも知れない土地です。わたしはまず雇い主に会うため、城に行かねばなりません。けれど許可がないかぎり、そこには入れないというのです。八方手を尽くしてはみたものの、なんの成果もあげることができず、城に至る道は開けずじまい。わたしはとうとう絶望し、世を儚んで放浪の旅に出ました。願わくば桜の下で春に死にたい。そう嘯《うそぶ》いて、いわば死に場所を探しての旅。しかしいつしか孤独に耐えかね、話し相手が欲しくなります。そこで高野山で死体を集めて、反魂《はんごん》の術を施し、人造人間を作ったのです。でもそいつはひどい出来そこないで、怖くなって置き去りにして逃げた。惨いことをしたものです。以来わたしの魂の一部は、常にそいつの内側にもあります。そしてこんなふうに考えるのです。どうしてわたしはこんなにも醜いのか。せめてわたしの愛を受け入れてくれる伴侶がほしい。誰か作ってくれぬものか。わたしは方々を訪ね歩いて、高名な博士の元にたどり着きます。彼ならば、わたしの伴侶を作ってくれるかもしれない。わたしは懇願しましたが、博士はにべもなく拒絶。わたしは泣きながら北極に向かい、かの地で愛しい恋人を夢見ます。幼少のころに出会った少女、彼女は永遠の女性でした。いまははるか天上にいる。その面影を頼りに、わたしは暗い森を抜け、地獄に降って地の底を見る。そこから抜け出し煉獄を登り、さらなる高みへ。すべての罪が赦され、万物が光の元に溶け合う境地へと至る旅。そのはずでした。けれどわたしは地獄の季節に魅せられて、破壊的で計算された錯乱によって見者となることを試みる。わたしは一個の他人と化して、詩を書いて永遠を見ました。しかしそれでも飽き足りることはなかった。やがて季節とともに死にゆく人びとから遠く離れて、わたしは詩を捨てアビシニアに向かう。でも荒野で武器商人として働くうちに、陰謀に巻き込まれてしまいます。身の危険を感じたわたしは街の雑踏に紛れ、探偵として活動することにしました。危機を躱《かわ》して謎を解き、複雑な事件の闇を明るみに出す。誘惑には負けない。権力には屈さない。ハードボイルドなスタイルを貫きました。タフでなければ生きていけない、優しくなければ生きる価値がない。そう呟いてギムレットを呷《あお》る。わたしは卑しい街を行く騎士と呼ばれました。その評判を聞きつけて、ある日依頼が舞い込んだのです。

その電話がかかってきたとき、わたしはソファーでうたた寝をしていました。だから少しも現実味がなかった。でも翌朝、見たこともない巨大な馬車が迎えに来ました。言われるがまま、連れていかれたのは壮麗な王宮です。円卓の周りには、すでに大勢の騎士が集まっていました。みな高名な騎士ばかりです。名を訊かれたわたしは、ドン・キホーテと名乗りました。それがわたしの名前でした。そして王はわたしたちに命じます。聖杯を見つけ出すのだと。この荒れ果てた世界を救うにはもう、それしかないのだと。傍らに控えていた吟遊詩人が歌いました。四月はもっとも残酷な月／リラの花を不毛の地から目覚めさせ／記憶と欲望をないまぜにして／鈍った根を春の雨でふるい立たせる——

王宮を飛び出したわたしたちは各々別の旅路をたどりました。しかしそれにしても困難な探索です。そもそもいったい聖杯とはなにか？　肝心の疑問が置き去りのままなのです。一説にそれは、救い主が晩餐で用いた杯であり、あるいは処刑のとき彼の血を受けた盃であるといいます。また別の説では、贅沢なご馳走を盛る深皿だといい、調理用の大釜であるともいいます。さらには堕天使の冠から落ちたエメラルドだという噂さえありました。またその所在にしても諸説があります。ただ見つけようとしても見つけられず、見つける運命にある者だけが、その場所を見出すのだと伝えられていました。現世の武勇や知略は役に立たず、天上の騎士道に則ったものだけが、ただしい道を選ぶことができるのだそうです。
　何か月も、あるいは何年もの間、あるときは前へ、あるときは後ろへと馬を進めてさ迷いました。驚くべき出来事があると噂される、ありとあらゆる場所を訪ねて。わたしはそこで数多くの冒険に出会い、それを成就したのですが、それらを一つずつ仔細に語ることは叶いません。語るべき事柄があまりに多く、残された時間はもうわずかのようです。ともあれわたしはこの困難な旅路の果てに、ついに秘められた城を見つけ出すのです。その城には傷ついた王がいて、わたしがただしい問い掛けをすることで、彼の傷は癒され、国土は蘇りました。こうしてわたしに、ついに聖杯を手にするのでしたが、同時に自らの死が近いことを知りました。望むものを手に入れた者は、早晩そのような運命をたどるものなのです。

　わたしは歩きながらまどろみ、まどろみながらなお歩いています。熟練の夢遊病者のように。目覚めと眠りの境目はなく、歩きながら、わたしはいくつも夢を見ました。ひとつの夢ともうひとつの夢は、互いに密に絡みあっていました。だからきちんと数え上げることはできない。わたしはそれらすべての内側にいて、同時に外側にもいました。風は邪悪な気配を帯びて、陰惨な気配が周囲を覆っていました。灰色の、嵐のときによく似た雲が頭上に立ち込め、わずかな陽射しを塞いでしまいました。雪はなおも降り続いています。真っ白な壁で四方を囲われてしまったようです。

全身から熱という熱が滲みだしてゆくのがわかりました。最初は四肢の末端と関節から。それが徐々に脇腹や背中に広がっていきます。震えが止まりません。震えれば震えるほど体力は失われていくというのに、自分では止めようがないのです。両手で顔を覆うと、パリパリと霜の割れる音がしました。眉はもう完全に凍り付いていました。吐息のなかで、氷の結晶が音を立てています。肺の奥に激痛が走ります。縮んだ胃がキリキリと音を立て、赤茶色の胃液を吐き出しました。唐突に痙攣に似た眩暈が訪れ、わたしは前のめりに倒れ込みます。四つん這いの姿勢のままで思いました。わたしは無に帰ろうとしていると。

それから不意に雲が途切れて、空にぽっかり大きな穴が開きました。冷たく斜めに、ほとんど熱を持たない陽が差し、まるで啓示の瞬間でした。しかしどうやら手遅れのようです。わたしの身体の内側は死に、心臓はまだ温かい血を、体表に向け送り出していました。だからどれほど寒くても、焼け付くように熱く感じた。耐え切れず、わたしは毛皮を脱ぎはじめます。それが致命的な行動と知りつつ。何重にも巻き付けられた皮を剝いでゆく。赤裸に、どこまでも赤裸々になる。もう脱げるものがなくなるとさらに、自分の皮膚を剝いで脱ぎました。皮膚が済んだら肉と骨を、血と内臓を。癒されぬ傷、疼く良心、淫らな欲望、隠された夢、叶わぬ願い、言えない言葉、儚い希望——そうしたすべてを脱ぎ捨てていきました。

いまやわたしは残骸でした。雪の上に散らばっている。でもそれもわずかな間です。雪はなおも降り続いていく。やがてはすべてを覆い隠すはず。こうしてわたしは力尽きました。わたしの生はここに潰える。なんの足跡も残さずに。わたしのことを憶えているのは、もうあなただけのはずです。でもそれで十分でした。思えばあなたは、そもそもの始めからいた。そしてここまでついてきてくれた。忠実な従者のように。わたしは一個のドン・キホーテ、否むしろアロンソ・キハーノ、もしくは名無しの誰かだったかもしれない。そんなわたしがここまで来れたのは、ただあなたがいてくれたから。あなたというサンチョがいたから、わたしはいまここにいる。あなたが読んでくれたおかげで。わたしはけっして一人ではなかった。長い遍歴の果てに、ようやくそのことに気がつくのでした。いままでどうもありがとう。けれどもここでお別れです。もういないわたしの代わりに、あなたが白い雪原を見る。残されたページの余白をじっと見つめて。そこから次の物語が始まる。忘却の雪で覆われた大地。でもその下で、干からびた根が小さな命を養っている。いつかそれが芽吹くのを待とう。冬がわたしたちを暖めてくれた。

わたし

作中で〝決定版〟『ドン・キホーテ』（第三の遍歴を含む）とされている書物のじっさいの作者は、もちろんミゲル・デ・セルバンテスその人です。ピエール・メナールはJ・L・ボルヘスの短編「『ドン・キホーテ』の著者、ピエール・メナール」（『伝奇集』所収）に登場する架空の作家です。（著者）

樺山三英（かばやま・みつひで）一九七七年、東京都生まれ。学習院大学文学部卒業。二〇〇七年、『ジャン＝ジャックの自意識の場合』で第八回日本ＳＦ新人賞を受賞しデビュー。一〇年、『ハムレット・シンドローム』で第九回センス・オブ・ジェンダー賞・話題賞を受賞。その他の著作に『ゴースト・オブ・ユートピア』がある。

ドン・キホーテの消《しょう》息《そく》

二〇一六年六月十一日　第一刷発行

著　者　樺山三英
発行者　田尻　勉
発行所　幻戯書房
郵便番号一〇一－〇〇五二
東京都千代田区神田小川町三－十二
岩崎ビル二階
電　話　〇三（五二八三）三九三四
ＦＡＸ　〇三（五二八三）三九三五
ＵＲＬ　http://www.genki-shobou.co.jp/
印刷・製本　中央精版印刷

ISBN978-4-86488-099-2　C0093

ハネギウス一世の生活と意見　中井英夫

異次元界からの便りを思わせる“譚”は、いま地上に乏しい――。江戸川乱歩、横溝正史から三島由紀夫、倉橋由美子、そして小松左京、竹本健治らへと流れをたどり、日本幻想文学史に通底する“博物学的精神”を見出す。『虚無への供物』から半世紀を経て黒鳥座 XI の彼方より甦った、全集未収録の随筆・評論集。　4,000 円

こんにちはレモンちゃん　中原昌也

多才な表現者による文学の現在――コーヒーカップ男と色黒調理師の奇跡的“視線”の邂逅を描く書き下ろしの表題作ほか、「死者の家にて」「キリストの出てくる寓話集」など七つのメルヘン（と言えなくもない）短篇集。コラージュ感覚に溢れた装画・装幀も著者。「ケルン・コンサートを凌ぐ抒情、諧謔のアラベスク！」（山中千尋）　2,000 円

連続する問題　山城むつみ

天皇制、憲法九条、歴史認識など、諸問題の背後に通底し現代社会を拘束するものとは何か。中野重治、小林秀雄、ドストエフスキーらの言葉を手がかりに読み解く。連載時評に加え、書き下ろし「切断のための諸断片」および「関連年表」を収録。政治に対する文学の批判力を明らかにし、「今、ここ」へと切り返す文芸批評の臨界点。　3,200 円

メフィストフェレスの定理　地獄シェイクスピア三部作　奥泉 光

シェイクスピア世界の住人たちが鏡の向こうで悪魔と出会う時、地獄の世界を揺るがす騒動が巻き起こる――。初の戯曲スタイルで古典に挑む、謎と笑いに満ちた文学の冒険。劇場でのみ入手できた上演脚本を、「読まれるためのテクスト」として完全改稿した決定版。「リヤの三人娘」「マクベス裁判」「無限遠点」全三作収録。　2,400 円

地の鳥 天の魚群　奥泉 光

その後、絶望は深まりましたか？――。幻想と悪夢に苛まれる父は、謎の宗教団体に洗脳された息子のために動きだすが……。初の書籍化となる幻の処女作に、「乱歩の墓」「深い穴」の短篇二作を加え刊行。デビュー作ならではの鋭利な瑞々しさにあふれ、かつ、のちの奥泉ワールドを予告する待望の書。　2,200 円

この人を見よ　後藤明生

谷崎潤一郎『鍵』をめぐる単身赴任者の日記はいつしか、日本近代文学の謎、そして「人」と「文学」の渦へ。徹底した批評意識と「小説」の概念をも破砕するユーモアが生み出す、比類なき幻想空間。戦後文学の鬼才が遺した最後の未完長篇 1000 枚に、晩年のロング・インタビュー「イエス＝ジャーナリスト論、その他」を付す。　3,800 円